TOURS D'IVOIRE

GWÉNAËLLE FRADET

TOURS D'IVOIRE

NOUVELLES

© 2020 Gwénaëlle Fradet

Éditeur : BoD-Books on Demand
12-14 rond-point des Champs-Élysées, 75008 Paris
Impression : Books on Demand, Norderstedt, Allemagne

Illustration : Karen Nadine
Conception couverture : Vincent Sarazin

ISBN : 978-2-3221-9178-9
Dépôt légal : Février 2020

Chacun a quelque part, ici ou ailleurs, sa tour d'ivoire

Parfois, nous la souhaitons

Souvent, elle s'impose à nous

À Vous

Percevez l'espoir et la lumière derrière le désespoir et la sombreur…

1ᴱᴿᴱ TOUR D'IVOIRE

LES HEURES IMMOBILES

Drôle d'héritage que d'avoir la faculté de rendre les heures immobiles. Quel drôle d'héritage, vraiment ! Je ne savais pas encore qu'il viendrait jusqu'à moi.

La vie, en général, ne s'arrête jamais. Les secondes défilent, les minutes avancent, les heures s'acheminent vers un avenir incertain. Le temps file plus ou moins vite. Cependant, il est présent en chacun de nous. Il est impossible de le stopper, ni même de l'accélérer. Le tic-tac des aiguilles d'une montre se fait entendre de façon monotone. Le balancier d'une vieille horloge poursuit son mouvement inlassablement. Les chiffres digitaux d'un radioréveil changent à chaque minute, à chaque heure. Le temps existe-t-il ou n'existe-t-il pas ? Je ne me posais même pas cette question. Je l'aurai trouvé d'une grande absurdité.

Mais le temps peut rester immobile.

Je m'appelle Églantine et je ne vois que lui. Il est long, très long, trop long. Mes yeux sont devenus couleur de larme à force de pleurer. Mes lèvres ont désormais un goût salé que je ne supporte plus, qui me donne la nausée. Il n'y a plus de jours ni de nuits. Seul l'instant au moment duquel j'ai souhaité si vivement que tout s'arrête, seules ces heures qui s'éternisent et qui s'étirent à l'infini, sont en moi.

Ce fut un mardi que la chose, comme je l'appelle, se produisit. Un mardi ensoleillé. Un mardi après-midi à la température douce et clémente. Ce mardi-là ne se différenciait pas tellement des autres jours, des jours qui se ressemblaient tous, plus ou moins.

Je suis une vieille femme, maintenant sans âge. Ma peau est ridée, voire fripée. Elle laisse deviner que je vois le jour de ma mort plus proche que celui où je suis née. Je suis mariée à Charles. Autrefois un charmant jeune homme, aujourd'hui un vieil homme silencieux. Il reste assis dans son fauteuil au velours élimé des heures durant, pendant des jours entiers, sans bouger, comme mort. Mais Charles n'a pas trépassé, pas encore. Pas jusqu'à ce mardi après-midi paisible et lumineux. Un après-midi chargé de la délicieuse odeur des embruns, débordant du bruit des vagues qui s'échouent sur le sable, occupé par le cri perçant des mouettes, peuplé des rires et des chants d'un petit groupe d'enfants venus jouer sur la plage.

Notre maison est au bord de la mer. Elle est à quelques mètres seulement d'une plage au sable fin. Si fin que, par grand vent, il tournoie dans les airs dans une danse effrénée. Notre maison est peinte en rose. Lorsque je me rends dans notre petit village de pêcheurs pour y faire quelques achats, les gens me saluent et s'écrient : « Tiens ! Voilà Églantine ! La vieille dame en rose ! »

Charles était marin pêcheur et passait son temps, sa vie, à voguer sur l'océan à bord de son bateau, par beau ou mauvais temps. C'était son métier, sa vocation, son existence. Il prenait la mer et la mer ne me l'avait pas pris.

Autrefois, lorsqu'il rentrait au port pour quelques heures ou quelques jours, il était vivant. J'avais dû mal à interrompre ses longs discours, à ébrécher sa tendresse excessive servant à pallier son éloignement quasi permanent.

Mais depuis sa retraite, il n'est plus le même. Sa vie n'est que cendres. Il l'a brûlée sans se donner la peine d'en conserver une petite parcelle qu'il aurait pu partager avec moi. Son corps est bien là, mais son âme s'est envolée. Elle tournoie au-dessus de l'océan parmi les sternes qui envahissent le ciel. Je lui parle, je lui caresse la main, la joue, je l'embrasse, mais aucune réaction n'émane de son être, ne vient me rassurer. Une partie de Scrabble ? Pas de réponse. Une partie de Dames ? Ses yeux deviennent fuyants. Je peux te lire les nouvelles du jour, chéri ? Il se détourne et scrute l'horizon vers son véritable amour. Rien ! Je ne suis plus rien pour Charles. Seule la nostalgie de sa vie passée transperce son regard. Malgré cela, je l'aime toujours autant et je réitère chaque jour mes petites attentions à son égard.

Mais il y a des jours où je passe beaucoup de temps sur la terrasse de ma maison rose. Pour ne plus le voir. Pour ne plus partager sa triste condition. Je m'assois dans mon vieux rocking-chair en rotin dont la peinture blanche est écaillée. Je me balance pendant de longues heures, observant l'océan. J'ai ainsi l'impression de partager quelque chose avec mon Charles d'antan.

Puis arrive ce fameux jour. C'est un mardi. Je le sais, car chaque matin je lis le journal. Je le fais à voix haute pour que Charles puisse en profiter, même si cette démarche n'est pas une demande de sa part. Je me dis que, peut-être, un mot, ou une phrase dite au passage, le sortirait de sa léthargie, de son immobilisme. Mais Charles est égal à lui-même, comme hier, comme avant-hier.

Ce midi-là, nous avons déjeuné, silencieusement. Charles s'est ensuite assoupi dans son fauteuil favori.

Je me suis installée dans mon rocking-chair. Pour échapper à son monde. Pour m'enfermer dans le mien. Je ne regarde pas la mer, car une autre vision, bien plus joyeuse, s'offre à mon regard. Des enfants jouent sur la plage, sous le beau soleil que nous dédie cet après-midi-là. Ils sont seuls à fouler le sable. Aucun adulte n'est là pour les accompagner. Il n'y a pas d'autres promeneurs en vue. Ils rient, chantent, se chamaillent, crient, pleurent aussi parfois. Je m'abreuve du spectacle offert par ces créatures format miniature. Je me régale. Une petite fille, un petit bout de chou adorable, chante, inépuisablement, « Bateau sur l'eau, la rivière au bord de l'eau » ! Elle accompagne son refrain en faisant voguer un petit bateau rouge dans une flaque d'eau salée laissée là par la mer. Elle n'avance pas plus dans la chanson, elle ne connaît certainement pas la suite. J'ai même fait une entorse à mon quotidien invariable. Je suis retournée un moment dans la cuisine pour sortir du placard cookies et autres gourmandises, et préparer une citronnade bien fraîche à l'intention de ces merveilleux petits êtres. Ils sont contents et délaissant le goûter préparé par leur mère au profit de mon quatre-heures improvisé.

Le cri des mouettes dans le ciel sans nuages, les ronflements de Charles provenant du salon, le joyeux babillage des enfants sur la plage, tout est là. Je suis heureuse, je me sens bien.

Grisée par ce déferlement de joie, je suis comblée par cette bonne humeur ambiante. Je ferme les yeux et je prie Dieu pour que cet instant ne cesse jamais, qu'il reste tel quel. Je supplie le Seigneur afin qu'il m'accorde la grâce de pouvoir en profiter éternellement et qu'il m'accepte pour toujours dans l'instant présent.

Lorsque je déplie mes paupières, rien n'a changé, tout est là, comme quelques instants plus tôt. Je ne vois aucun changement. Mais la métamorphose du temps, celui qui devrait avancer, me happe un peu plus tard.

Moi, Églantine, je vois normalement le temps passer. Pour moi, les jours passent, les heures passent, les minutes passent, les secondes passent. Mais, aujourd'hui, tout autour de moi, le monde ne passe pas, rien ne change. J'ai beau attendre, le soleil brille toujours, sans laisser sa place au crépuscule. Charles continue de ronfler. La danse des enfants se prolonge. Je panique, je perds pied, je ne sais que penser. J'ai l'impression que la démence me happe. Pourquoi tout cela ne s'éloigne pas ?

Et puis, je me souviens. Je me rappelle. Je fais le lien avec un appel reçu ce matin même. Un appel qui m'annonce le décès d'une vieille cousine. La cousine

Emma, aussi vieille que moi, tout aussi ridée, tout aussi fripée.

Emma ! La détestable Emma ! Emma était méchante, malfaisante, vulgaire, haineuse. Quelques personnes continuaient, néanmoins, à aller lui rendre visite. Mais elle ne le méritait pas. Ils étaient présents par bonté charitable. Tout simplement. Je m'étais rendue, à quelques reprises, à ses côtés, par humanité. Comme les autres. Emma était là, assise, dans une posture provocatrice, la bouche ouverte. Ses lèvres enserraient ses gencives édentées. Elle exposait, aux yeux de tous, son dentier flottant dans un verre d'eau posé sur un petit guéridon près d'elle. Je savais que c'était dans le seul but de dégoûter ses visiteurs. Elle jurait sans arrêt et lâchait régulièrement des flatulences aux effluves peu ragoûtantes qui nous faisaient se boucher le nez. Cela la faisait rire. Si quelqu'un osait lui en faire la remarque, elle criait de sa voix haute-perchée :

« Bande de crétins ! Foutez-moi la paix ! Attention ! Encore une réflexion et je rote. Je sais roter aussi. »

Elle était ainsi Emma. Détestable. Et elle ajoutait, sur un ton hargneux, son index crochu pointé vers nous :

« Et puis, je peux tout arrêter si vous me faites chier. Un claquement de doigts et je vous condamne à rester en ma compagnie le restant de vos jours. Ce serait drôle, n'est-ce pas ? J'ai le pouvoir ! J'ai le don !»

C'est, assise sur mon rocking-chair, qui se balance au rythme des vagues, que je prends conscience que la cousine Emma, lors de son trépas, m'a légué son don insolite. Drôle d'héritage qu'elle me faisait là ! Personne ne la prenait au sérieux. Pourtant elle disait vrai. Elle n'est pas près de moi, mais le temps semble s'être fossilisé.

Depuis ce maudit mardi, je pleure des larmes de vague à l'âme. Si je n'avais pas désiré aussi intensément que dure ce petit moment de bonheur, je n'en serais pas là. Mon Charles, telle la « Belle aux bois dormant », reste plongé pour toujours dans un sommeil éternel. Il ne se réveillera plus jamais. Il continue de ronronner et ses ronflements me rendent folle. Les enfants ont cessé de pousser, ils ne deviendront jamais grands. Ils sont tels Peter Pan et les garçons perdus du Pays imaginaire. Ils poursuivent leurs jeux sur la plage. Je suis condamnée, perpétuellement, à leur servir mes cookies et ma citronnade, à écouter la chansonnette non achevée « Bateau sur l'eau ». L'instant se répète à tout jamais, interminablement. Ma mort, que je ne voyais pas si lointaine, me semble, aujourd'hui, inaccessible.

Mais, parfois, une autre pensée m'accable. Emma ne m'a peut-être pas transmis son héritage. C'est alors que j'envisage Charles se réveillant et me trouvant inerte, sans vie. J'imagine une mère de famille, venue chercher ses enfants sur la plage, me découvrir gisante, mon âme envolée, dans mon vieux rocking-chair dont le bercement aurait cessé. Âme envolée ou âme perdue ? Ce drôle d'héritage n'est-il pas le sacrifice de notre vie ? Car le temps passe fatalement. Et les heures restent immobiles uniquement lorsque nous sommes morts.

2ᵉᴹᴱ TOUR D'IVOIRE

LE VOLEUR DE BALCON

Depuis quelques semaines, la gendarmerie du quartier du Moulin Blanc est prise d'assaut. Les habitants s'y rendent à toute heure de la journée. Les riverains s'y bousculent. Les gens se mêlent, s'emmêlent. Des voisins qui se connaissent déjà, d'autres qui se voient pour la première fois. Il en découle un capharnaüm monumental, une cacophonie sans précédent dans ce lieu habituellement assez calme. Ceux qui y entrent ont l'impression de pénétrer dans un hall de gare. Sauf qu'aucune information de départs de trains n'y est annoncée. Ceux qui y errent un certain temps ressentent l'effet d'une galerie marchande la veille de Noël tellement la foule est dense. Sauf que les chants y sont absents et qu'aucune décoration n'égaye les lieux. Cet endroit est même plutôt laid, assez morose.

L'officier, derrière le guichet d'accueil, ne sait plus où donner de la tête. Il fait ce qu'il peut, mais ce n'est jamais assez. La colère des plaignants ne s'amoindrit pas. Tout le monde crie, tout le monde vocifère. C'est à celui qui s'égosillera le plus pour se faire entendre, pour se faire comprendre, pour que soit revendiqué le délit dont il est victime. Ils exigent tous un coupable, là maintenant. Ils ne veulent pas attendre. Ils sont impatients de pendre haut et court celui ou celle qui viole leur tranquillité.

Malgré la panique ressentie, l'officier a bien compris. Tous les habitants du quartier du Moulin Blanc viennent réclamer la même chose. Il prend donc son mal en patience, enregistre chaque plainte, l'une après l'autre. Les mots qu'il couche sur papier se ressemblent, se regroupent, s'accouplent. Les mêmes mots reviennent sans cesse.

L'objet du délit se passe la nuit. Un homme, ou peut-être une femme, ils ne savent pas. C'est un intrus. Il se faufile, se glisse, s'introduit chez eux. Pas tout à fait. Il prend juste possession de leur terrasse, de leur balcon. Ce criminel reste longtemps sur le lieu qu'il profane, un lieu qui leur appartient. On le devine. On le voit bien. Il laisse des traces de son passage. C'est quand même une infraction, une atteinte à leur propriété, une violation de leur intimité. N'est-ce pas monsieur l'agent ? Et l'agent acquiesce. Il note. Il réconforte. Il promet de faire quelque chose.

Les habitants du quartier du Moulin Blanc repartent. Certains sont murés dans leur silence, dans leurs pensées. D'autres continuent à beugler, à bramer, à rugir, à croasser. L'agent les regarde alors partir et l'image d'une animalerie lui traverse l'esprit. Ils franchissent la porte de la gendarmerie et rentrent chez eux, satisfaits ou septiques, apaisés ou énervés, têtes hautes ou têtes basses. Il n'y a plus qu'à attendre.

Le quartier du Moulin Blanc est récent. Un quartier sans aucun moulin. Un moulin qui était peut-être là il y a longtemps. Un moulin probablement blanc.

Il y a quelques années, un immense terrain vague s'étendait là. Un espace fait d'herbe et de terre qui ne ressemblait à rien. Un domaine qui, le soir tombé, devenait lugubre et faisait fuir les enfants. Des enfants passant des heures, à la lumière du jour, à jouer ici, à trainer là, à se perdre loin de chez eux. Ils appréciaient ce lieu qui avait un petit goût d'interdit. Un quelque part réprouvé à cause de parents inquiets qui n'aimaient pas savoir leur progéniture flemmarder ailleurs que dans leur cité HLM, au-delà de la cité des Capucins. Leur espace de jeux devait rester ces grandes tours grises, s'élevant haut dans le ciel, s'y confondant par mauvais temps, leurs crêtes disparaissant dans une ambiance fantomatique.

Ce sont de grands bâtiments à l'aspect lugubre, aux façades égales et sans charme, sans balcons pour égayer leur triste architecture. Des cages d'escaliers à la peinture écaillée, aux sols souillés, dégageant parfois des odeurs à soulever le cœur. Des logements étriqués, chargés d'ombres, où s'entassent des familles nombreuses. Une ambiance bruyante, des cris, des pleurs, de la musique à tue-tête à provoquer des migraines. Ceux qui les regardent de loin n'envient pas leurs occupants. Même les alentours n'éveillent aucun désir à vouloir y vivre. Sans verdure environnante en dehors de quelques mauvaises herbes qui trouvent un passage dans l'asphalte accidenté. Ici, ce n'est pas les jardinières fleuries qui décorent les fenêtres, mais du linge à n'en plus finir, étendu dans un tumulte sans honte.

Cet immense terrain vague, à quelques centaines de mètres de cette pauvre cité, vierge pendant longtemps, a vu émerger de son sol de beaux immeubles hauts de trois ou quatre étages. Ils sont sortis de terre comme des champignons après une pluie d'automne. Des immeubles modernes aux jolies courbes, aux teintes douces, aux portes donnant envie de s'y engouffrer. Des surfaces communes rutilantes et sentant le propre. De spacieux appartements, lumineux, occupés par de jeunes cadres dynamiques. Ils vivent seuls ou en couple, pour certains nouveaux pères et mères s'engageant dans la grande aventure de la vie de famille. Il y a aussi quelques personnes âgées qui ont trouvé là l'endroit idéal pour profiter de leur retraite. Ces havres, flambant neufs, sont habillés de charmants balcons louant l'art de se prélasser agréablement, de terrasses joliment aménagées par les personnes voulant profiter de leurs loggias extérieures exposées plein sud. Des personnes qui ont dépensé sans compter pour aménager ces espaces à ciel ouvert. De belles plantes trônent ici et là, leurs feuilles luisantes de bonne santé, au meilleur de leur forme. On y voit même de petits palmiers, de grands cactus et autres plantes à l'air exotique. De quoi s'imaginer dans le sud de la France ou quelque part dans un pays au climat bienveillant. Ces résidences sont cernées d'élégantes pelouses et de places de parking délimitées par des jardinières fleuries parfaitement entretenues.

Le quartier du Moulin Blanc donne envie. Beaucoup de la cité des Capucins le regardent avec convoitise.

Paul, Amar, Nabil, Thomas, Moussa et Brice sont assis sur les marches de l'escalier en béton délabré. Un escalier qui mène à une de ces tours au gris sinistre souvent profanées. Ils laissent là le temps passer, leur jeune existence défiler. Ils s'ennuient la plupart du temps et leurs envies se fanent comme une fleur qui ne verrait plus le soleil. Ils ont l'âge où ils ne se sentent plus enfants, mais ne se prennent pas encore pour des adolescents. Le bac à sable, un peu plus loin, avec sa cage à poules rouillée et son toboggan cabossé, ne les attire plus. Ils ne sont pas prêts non plus à rejoindre les groupes de jeunes qui passent des heures à ne rien faire. Ils trouvent tellement stupide de fumer des cigarettes et de regarder les filles passer avec avidité. Et de toute façon, une éventuelle tentative pour rejoindre ces bandes plus âgées serait vouée à l'échec.

Aujourd'hui, il ne fait pas très beau. Mais le temps est lourd. L'atmosphère est chargée d'humidité. Le petit groupe d'enfants à l'orée de leur adolescence s'ennuie fermement. Ils se parlent à peine. Ils sont dans leurs pensées. Ils ne s'aperçoivent pas qu'une volée de moustiques tournoie et vient les taquiner.

Moussa, que tout le monde appelle Timouss, car il n'est pas bien grand et même un peu chétif, ne se rend même pas compte qu'un de ces voleurs de sang arrive à le piquer. Mais il sent comme une sorte de chatouillement sur son avant-bras et balaye de la main, sans le voir, le petit Dracula fautif de cette démangeaison.

Timouss est plus que les autres dans ces pensées. Des sentiments tellement différents l'animent. Des rêves qu'il ne partage pas avec ses copains. Il a un peu honte de les avouer. Il a peur qu'on se moque de lui. Il craint d'être rejeté aussi. Car il sait que ce sont des désirs qui ne traversent pas l'esprit de ses camarades de jeu, de ses compagnons de classe. D'ailleurs, ces derniers ricanent souvent derrière son dos de l'ambition qui l'habite. Ils le trouvent bête dans son acharnement à vouloir travailler et espérer ainsi être le meilleur de la classe. Mais Timouss ne trouve pas ça bête du tout. Bien au contraire !

Pour s'en convaincre davantage, il regarde au loin. Son regard s'évade vers le quartier du Moulin Blanc. Il se perd dans la contemplation de ce qui pourrait être un mirage. Mais ces jolis immeubles, qu'il aimerait tant habiter quand il sera grand, existent bel et bien. Timouss s'imagine déjà là-bas. Son raisonnement est simple et il ne comprend pas pourquoi ses copains ne pensent pas comme lui. Il doit bien apprendre à l'école. Ensuite il aura un bon travail. Puis il pourra vivre dans le quartier du Moulin Blanc. Il ne fera plus alors partie de cette cité qu'il déteste.

Ses yeux, très clairs, presque irréels au milieu de son visage à la peau si brune, se mettent à pétiller. Il entend souvent la caissière du supermarché lui dire :

- Ah ! Mon Timouss ! Quand je plonge mon regard dans des yeux aussi noirs que du charbon, je vais droit en Enfer. Mais quand je me regarde dans tes yeux si lumineux, je m'imagine déjà auprès de Saint-Pierre !

À l'horizon, le soleil voilé décline lentement et la pénombre s'installe peu à peu. Timouss sait qu'il doit rentrer chez lui, que l'heure est arrivée de retrouver ses parents, ses sœurs et ses frères. Il aurait pu laisser ses copains plus tôt, mais il n'en a pas envie. Il sait qu'il ne se sentira pas bien là-haut, dans cet appartement perché au sommet de la tour. Il sent déjà en lui le bruit, les éclats de voix et les cris qui l'attendent. C'est toujours ainsi.

Sa mère passe son temps à crier après les enfants. Quand elle n'est pas sur leur dos, elle se réfugie dans le bruit de son aspirateur, une sorte d'abri pour ne plus avoir à subir l'agitation ambiante. C'est son silence à elle. Timouss trouve cela étrange, car l'appareil ne fait qu'augmenter le vacarme existant. Et à l'heure des repas, c'est la batterie de cuisine qui se met à chanter sans aucune harmonie.

Son père ne travaille pas. Il ne sort jamais. Il ne fait rien. Il ne dit rien. Il laisse sa femme crier. Il laisse ses enfants brailler, marteler, tapager à longueur de journée. Son havre de paix est la télévision qui reste allumée du matin au soir et tente de couvrir le bruit qui règne dans l'appartement. Même le son poussé à plein volume n'arrange rien, car la primeur est réservée à celle ou celui qui criera le plus fort pour se faire entendre. Son père reste dans son large fauteuil au cuir râpé et rien ne peut le faire se lever.

Timouss aimerait s'isoler. Sa mère est dans chaque coin et recoin. Son père investit le salon. Sa chambre, seul lieu où il pourrait se retirer loin de sa famille, apprécier un peu de silence, se concentrer sur ses devoirs, être seul tout simplement, est également une pièce privée de l'atmosphère calme qu'il recherche. Car il partage cet hypothétique asile avec ses trois frères qui ne lui laissent pas un instant de répit. Et dans la chambre d'à côté, il entend sans cesse ses deux sœurs se chamailler.

La vie de Timouss ressemble à un orage vociférant à pleins poumons. Les coups de tonnerre ne s'arrêtent jamais. Il a l'impression d'être en pleine tempête. Mais une tempête qu'il arrive parfois à fuir. Il lui suffit de trouver le bon moment pour y échapper, pour enfin s'évader, pour être enfin seul.

La nuit est tombée et les lumières derrière les fenêtres s'éteignent les unes après les autres. Il est tard. La rue se retrouve sous un dôme quasi silencieux. Seuls au loin, sur la grande route, les vrombissements des poids lourds se font vaguement entendre par intervalles espacés. Un aboiement feutré brise aussi de temps à autre cette nouvelle quiétude.

Timouss marche vite, la tête rentrée dans les épaules, son cartable sur le dos. Les rues sont désertes, mais il peut entendre les bruits venant de l'autoroute de l'autre côté de la cité. Ses pas savent où le conduire. Ce n'est pas la première fois et Timouss espère que ce ne sera pas la dernière. Il se dirige vers le seul endroit qu'il ait trouvé pour être tranquille. Il y est presque. Il a hâte de pouvoir rêvasser, de se sentir seul au monde, de réussir à travailler en toute tranquillité.

Le quartier de ses rêves s'offre à lui. Ce soir, comme de nombreux soirs, il lui appartient. Enfin presque ! Timouss sourit. Timouss soupire. Un long souffle de contentement. Il se sent chez lui.

Il choisit au hasard un des appartements et commence son ascension. Il progresse lentement mais sûrement. Timouss est habile et connait parfaitement l'obstacle qu'il gravit. Il aime poser ses mains sur l'enduit d'un blanc éclatant, un blanc lacté qui se détache dans le noir de cette nuit sans lune, dans cette opacité en manque d'étoiles.

Timouss n'a pas besoin de grimper bien haut. Il passe devant un balcon, mais ne s'arrête pas. Il est déjà venu là il y a deux jours. Il préfère donc faire un effort de plus et choisir celui de l'étage au-dessus.

C'est un joli balcon. Ceux à qui il appartient l'ont bien aménagé. Il y a un charmant salon de jardin en bois exotique. Table, fauteuils et chaise longue trônent ici, entourés de belles plantes dans des jardinières aux teintes vives et gaies. Photophores et petites lanternes en verre trempé sont éparpillés ici et là de façon désordonnée, mais avec bon goût.

Timouss se dit qu'il sera bien ici. Il pose son cartable dans un coin, consciencieusement. Il en prend soin. Il l'ouvre comme un bien précieux, fait parader ses affaires de classe sur la table, taille ses crayons en laissant voler par terre les copeaux de bois fins et délicats et se met au travail. Il trouve tellement agréable d'étudier dans le calme, dans ce climat si tranquille. C'est tellement différent lorsqu'il est chez lui. C'est si bruyant là-bas.

Timouss aime la solitude de ce lieu. C'est le seul endroit où il peut se sentir seul au monde. Et c'est à cette heure tardive qu'il peut contempler le silence, le goûter, le savourer, l'apprécier d'autant plus. Personne ne le dérange ici.

Il ne voit pas l'heure passer. Il doit être très tard. Dans l'ambiance feutrée de la nuit, même le bruit des voitures au loin a disparu. Timouss referme livres et cahiers et plonge sa main dans sa poche pour en sortir les friandises qu'il emporte toujours avec lui. Il s'installe sur la chaise longue, se prélasse, se régale. Il avale bonbons et chocolats en laissant tomber, les uns après les autres, les papiers d'emballage qu'il ne ramassera pas. Timouss oublie à chaque fois. Tout en suçant un tendre caramel, il s'endort, il part dans le pays brumeux de ses rêves, pris dans le tourbillon de ses songes.

Didier et Isabelle ont lutté pour ne pas sombrer dans le sommeil comme chaque soir. Ils sont aux aguets, l'ouïe tendue vers l'extérieur, vers ce qui pourrait arriver, vers ce qui était arrivé de nombreuses fois chez leurs voisins sans qu'ils le sachent au moment flagrant. Tout le monde en parle dans le quartier du Moulin Blanc. Tout le monde en a assez de se laisser abuser par ce fantôme qui leur fait face, qui en fait voir de toutes les couleurs aux habitants de cette partie de la ville.

La nuit avance vers son côté le plus profond, elle est de plus en plus sombre. Didier est énervé de voir qu'Isabelle s'est endormie et le laisse seul avec le silence en suspension. Il se dit que ce ne sera pas pour ce soir et décide de se lever, d'aller jeter un œil, d'aller constater que tout va bien pour pouvoir enfin sombrer et réussir à dormir avant que le réveil ne vienne lui casser les oreilles.

Le criminel, tant redouté, est là. Didier ne s'y attendait pas. Il ne s'attendait pas à voir ce qu'il voit. Le nez collé à la vitre donnant sur le balcon, il regarde. Il voit le fantôme qui hante la vie du quartier depuis des semaines. Et il sourit. Un petit bonhomme est assoupi sur le bain de soleil d'Isabelle. Un enfant. Didier aperçoit autour de lui les traces que ce petit être laisse habituellement chez ses voisins. Papiers de confiseries et autres résidus de son passage ici. Mais cette infraction se terminera autrement ce soir et il ne va certainement pas alerter qui que ce soit.

Il fait délicatement coulisser la baie vitrée et s'approche sans bruit. Il va réveiller toute en douceur le petit garçon. Il ne veut pas l'effrayer. Didier se sent si grand alors que lui semble si petit.

« Hey bonhomme ! Il est l'heure de rentrer chez toi là ! »

Timouss se réveille en sursaut, paniqué, le regard apeuré. Il a envie de prendre ses jambes à son cou, mais il reste tétanisé.

« N'aie pas peur ! Je ne vais pas te faire de mal. Mais j'aimerais bien que tu m'expliques un peu tout ça avant de rentrer dormir dans ton lit. »

Et Timouss lui raconte. La cité, sa mère, son père, ses frères et ses sœurs. L'appartement trop petit et tellement bruyant. Son envie de bien travailler et de trouver un endroit calme pour justement y arriver. On est si bien ici ! C'est calme ! C'est beau ! Tout ce qu'il désire Timouss, c'est un petit coin tranquille pour bien faire ses devoirs et pouvoir rêver en silence. Il raconte tout cela avec tristesse. Mais il conte ses envies et ses rêves avec passion. Il ne fait rien de mal Timouss. C'est vrai qu'il vole leurs balcons. Mais il les vole pour quelques heures seulement.

Didier est ému. Il est touché en plein cœur. Et ce qu'il compte faire ne met pas longtemps à faire son chemin dans son esprit.

Dès le lendemain, les voisins sont mis au courant par Didier et la gendarmerie est de nouveau prise d'assaut. Mais cette fois, tous les plaignants retirent leurs lamentations.

Dorénavant, Timouss est le bienvenu dans le quartier du Moulin Blanc. Chacun l'accueille comme un membre de la famille. Il peut venir tant qu'il veut pour travailler dans cet environnement paisible qu'il aime tant. Il peut maintenant s'évader de la cité des Capucins sans se cacher.

3ᵉᵐᴱ TOUR D'IVOIRE

LES VOIX HURLANTES

À l'approche d'une aube grise, presque noire, je me dis qu'il faut me lever. Mon seul repaire pour voir le temps passer est loin de mon regard lorsque je me trouve encore dans mon lit. C'est une vieille horloge qui sonne chaque heure, interminablement, qui fait grincer son balancier, inlassablement. Mais je ne suis pas sûr que l'heure affichée soit la bonne. Je pense simplement que c'est une heure de plus dans ce fichu monde.

Je suis entièrement recouvert. Un simple espace entre mes couvertures et l'atmosphère de la pièce me permet de respirer tout en laissant s'échapper des volutes de vapeurs blanches. C'est un signe. Il fait encore très froid, même à l'intérieur.

Je m'imagine m'enrouler tant bien que mal dans ce grand manteau provisoire et sautiller maladroitement jusqu'au poêle en fonte éteint. Je le rêve dégager une agréable chaleur, presque irréelle, m'enveloppant alors peu à peu, me réconfortant. J'aurais aimé atteindre la pile de vêtements chauds qui m'attend tout près, me couvrir de ces habits pour supporter la température sibérienne. Mon instinct me dit de hâter mes gestes avant de finir congelé. Mais je me rends compte que je n'y arriverai pas et que je n'en ai pas envie. Je reste cloîtré dans l'interruption de ma vie.

Ma peur endormie refait surface. Elle ressurgit après un sommeil entrecoupé, d'instants où l'oreille tendue, j'essaie de deviner ce qui se déroule au-dehors. Je ne veux surtout pas croiser les hurlants, ceux qui, je le sais, m'attendent, m'espèrent, pour me happer, me transformer. Dès que le jour sera entièrement levé, les hurlants referont surface, tout en ne s'éloignant pas trop les uns des autres. Ils crient leur désespoir pour hurler leur espoir d'être rejoint afin d'agrandir leur cercle. Ils sont toujours présents afin que je ne les oublie pas. Mais la nuit, ils se dispersent. Leurs cris s'éloignent, diminuant leur intensité, brisant leur puissance, abrégeant ma peur, augmentant la maîtrise de mes émois. De temps en temps ils se taisent, mais tellement rarement, pas assez souvent, pour éteindre mon alarme intérieure, celle qui fait me mettre sur mes gardes.

Je voyage beaucoup dans mes songes. Je me vois sortir, m'évader, m'éloigner, laisser ma maison de briques rouges, me retrouver au-dehors d'elle. Je me vois fermer consciencieusement la porte derrière moi, ne rien laisser au hasard, tout vérifier, rester éternellement sur mes gardes tout en ayant le courage de marcher droit devant moi. Dans ces rêves, j'aime tant alors m'écarter, sans me retourner sur l'unique lieu où je me sens en sécurité.

Mais j'ai peur.

J'ai fixé des planches en bois devant toutes mes ouvertures. Les nœuds, sur ce tissu végétal, forment des arabesques, comme des trainées laissées pas quelques fantômes flottants, des revenants dansant de façon déchainée. Ces planches sont posées de manière plus ou moins irrégulière, laissant parfois filtrer un mince filet de jour, ces jours couleur de nuit. Car la vie au-dehors n'est plus. La vie, telle que je la souhaite, n'existe plus. Seules les voix hurlantes envahissent l'extérieur. Mais je ne les vois pas. Je me refuse cette vision qui m'effraie.

Dehors, tout est anéanti. C'est vide de vie, vide d'espérance, empli de ténèbres. Le ciel est tissé de cendre. Une grisaille uniforme qui s'étend à l'infini. C'est morne, c'est terne, c'est triste. Les matins sont gris, une teinte qui ne se dissipe pas. Ce gris s'accroche aux heures qui défilent, jusqu'au soir, jusqu'à ce qu'il se transforme en noir. Un noir d'encre, sans tâches plus ou moins claires, sans nuances. Même les étoiles et la lune sont absentes. L'atmosphère est vraiment lugubre et le vent siffle sans discontinuer. Le brouillard estompe le paysage comme une aquarelle de mauvaise qualité, offre un cadre obscur à ce que je peux distinguer au travers des faibles ajournements de tout ce bois qui me retient prisonnier.

Au commencement, les voix hurlantes se manifestaient uniquement le jour. Je souhaitais alors le crépuscule comme quelque chose que je n'avais jamais autant désiré. J'attendais la tombée du jour avec une intense impatience pour ne plus les entendre. Mais le temps s'écoulait, les jours, les semaines, les mois passaient, et cette hâte de voir le soleil se coucher a aujourd'hui disparu. Cette attente est devenue inutile. Les voix sont déchirantes, chaque journée, interminablement. Les sentences tombent comme un couperet me terrorisant de toutes parts, me tétanisant, me semblant, depuis peu, présentes à chaque instant, de nuit comme de jour., dans mes moments d'éveil, dans mes somnolences.

Il y a un avant.

C'était à la proue de ma vie solitaire où j'osais encore me glisser hors de mon lit lorsque les ombres se fondaient dans l'obscurité naissante. Ces voix qui hurlaient pendant des heures m'obligeaient à rester sous les couvertures tant que les rayons du faible soleil filtraient encore ici et là. Tant qu'ils passaient aux endroits mal calfeutrés. J'espérais encore.

Puis est venu le temps des hurlements constants. Des cris que je m'imagine sortir des gueules assoiffées de bêtes féroces. Mon lit est alors comme une forteresse où je me sens plus en sécurité. Une sécurité précaire, mais que j'accepte comme un cadeau de grande valeur. C'est le temps où le moindre pas extra-muros m'est difficile. Je ne crois plus à la vie et quand nous ne croyons plus à la vie, nous ne sommes pas d'humeur à sortir de notre lit, car la vie n'y est pas. Et la vie n'est plus en moi. Je m'accroche à mes couvertures comme on peut s'accrocher à la vie. Mais c'est la mort que j'attends. Et elle ne vient pas.

Mon état languissant me fait peur. Aussi peur que les voix hurlantes lorsqu'elles m'atteignent. Je souhaite désespérément être fauché de plein fouet par un soudain trépas. Mais la frayeur de ne plus être surpasse cette envie de l'au-delà. Cette peur me susurre qu'il faut attendre la mort qui prend tout son temps pour m'accueillir. Elle prend, de toute façon, un malin plaisir à me torturer. La mort n'est pas douce. L'attente m'épouvante, mais je ne me lève pas pour autant lorsque les voix hurlantes s'éloignent. Je ne sors pas de cet état léthargique. Je laisse mes membres s'engourdir. Je ne cède pas à mon estomac famélique. Je n'abdique pas trop vite. Fuir trop rapidement serait lâche et je ne veux pas craindre la mort. Je veux l'affronter afin qu'elle me reçoive dignement.

Ce cheminement vers mon sommeil éternel, cette descente aux enfers a commencé sournoisement. Elle a touché à ce que j'avais de plus cher sur cette fichue planète qui part en fumée.

J'entends encore la douceur de leurs voix. Celles-ci se font pourtant de plus en plus lointaines au fil du temps. Elles viennent parfois me caresser et je savoure ces instants qui me ramènent vers mon ancienne vie, vers la joie, vers l'allégresse du passé. Mon passé qui, peu à peu, s'est tamisé pour devenir poussière.

J'entends encore leurs rires. Ces joyeux éclats qui sortaient d'entre leurs lèvres. Les miennes sourient alors de les imaginer là, dans ma tête, car elles arrivent à me faire oublier les voix hurlantes lorsque celles-ci surgissent.

Je sens encore leurs baisers se poser sur ma peau. Des baisers de toutes sortes. Ils pouvaient être doux, amoureux, taquins, fougueux, silencieux ou bruyants. Des baisers qui me manquent tant et qui, avec le temps, semblent aussi légers que les ailes d'un papillon.

Je sens encore la délicieuse odeur des cheveux de ma fille lorsqu'elle se lovait contre ma poitrine. Je me souviens de sa peau de bébé, de sa petite main potelée qui disparaissait si facilement dans la mienne. Ces tendres câlins me faisaient autant de bien qu'à elle. J'aimais aussi poser ma bouche sur sa joue lorsqu'elle avait du chagrin. Je goûtais ses larmes, je les avalais. Ses sanglots salés disparaissaient comme par magie et j'avais ainsi l'impression d'être le meilleur père au monde.

Je devine encore le parfum de ma femme. J'aimais me promener dans son sillage, humer les effluves que dégageait son corps, regarder sa démarche que je trouvais si sensuelle. Ces élans d'amour pour elle, cette envie de la sentir sans cesse, ce besoin d'être là où elle se trouvait. Toutes ces choses qui rappellent à l'amour me font mal. Une souffrance que je subis dans une sorte de mélancolique lascive et qui me ramène également à d'autres souvenirs. Des réminiscences qui me broient le cœur tant je prends conscience qu'ils ne se reproduiront plus jamais. J'adorais nos émanations après avoir fait l'amour. Je collais mon visage sur le nu de sa peau. Son parfum mêlé à nos sueurs. Les exhalaisons sexuelles, qui jaillissaient de nos chairs mélangées, gonflaient mon cœur et mes sentiments pour elle.

Je ferme les yeux et je me retrouve dans le musée de ma vie. Je me vois flotter, comme en apesanteur. Je me sens léger. Les scènes de mon existence passée, celles qui me manquent terriblement, explosent en moi en des dizaines de tableaux. Je reste admiratif devant ces toiles, je suis fier de ce que j'ai vécu. Je les trouve beaux, j'en suis le maître.

Mais je sais qu'au moment de l'atterrissage, ce moment où mes yeux s'ouvrent malgré moi, je me sentirai lourd, lourd du poids de ma douleur. Je tomberai. Je m'écraserai.

J'entends encore mes cris. Des cris de douleur, la douleur de les avoir perdues. En un instant, elles s'étaient évaporées, elles n'existaient plus. Elles ne feraient plus partie de ma vie. En un instant, elles appartenaient déjà à mes souvenirs. Et cette terrible certitude était un supplice, un constat insupportable. Je recevais des coups de poignard dans le cœur et cela me faisait mal, très mal. Mais je ne mourrais pas. Pourtant ma seule envie était de périr, d'aller les rejoindre. Elles me manquaient au plus haut point alors que je ne devinais pas encore la défaillance dans laquelle j'allais me noyer. Une véritable déchéance dans laquelle j'allais me figer. Plus invivable de jour en jour. Et aujourd'hui, je n'en peux plus de porter ce supplice.

La disparition des êtres les plus chers à mon cœur n'était que le préambule de la descente aux enfers que j'allais vivre par la suite, que je vis quotidiennement.

Je les ai perdues et la douleur dure. Elle se prolonge pendant des heures, des jours, des semaines. Elle ne s'arrête jamais. Elle me fait mal. Et ma frayeur se mêle si bien à ma douleur. L'effroi accompagne parfaitement mon calvaire.

J'ai peur d'être seul, de traverser mes journées sans ma femme et ma fille. J'ai peur de vivre mes nuits sans mes amours, mon amour. Cette crainte, ce manque de hardiesse, est encore plus intense que celle d'affronter le monde sans leur présence. Elles faisaient tellement partie de moi que je ne suis rien sans elles.

Le silence s'installe et seul mon souffle, entrecoupé de mes sanglots, rythme les heures que je subis comme un châtiment. C'est un silence pesant, étouffant. J'ai l'impression de me noyer en lui. Il règne, il s'impose à moi. Je le laisse faire, je ne m'oppose pas à lui. Il m'apprivoise doucement et devient comme un geôlier dont je ne peux plus me passer. J'aspire à ne plus vouloir entendre mon propre souffle. J'espère le sentir expirer. Je veux l'autoriser à devenir silence. Ce calme pesant qui est devenu mon seul compagnon, mon seul complice.

Les messages téléphoniques des premiers jours, les lamentations, les réponses à mes appels au secours pourtant imaginaires, tout a cessé. Le silence est maintenant à son comble et je ne demande pas mieux.

Afin que mes gestes, mes pas, chaque bruit que je peux faire ne me dérangent pas, je me plonge davantage dans l'inertie, dans l'immobilité de toute ma personne. Je mets en berne toute l'essence de mon être et de mon âme. Je ne souhaite plus rien sentir, plus rien ressentir.

Je trouve refuge dans mon lit, dans l'obscurité de mes couvertures. Il m'arrive de glisser un œil vers l'extérieur, mais la moindre lumière me gêne tellement. Elle représente la vie, celle que je refuse. Je me cache d'elle. C'est plus facile que de respirer l'air que j'exècre. Cet air dont j'ai cependant besoin pour vivre ma souffrance et mon envie funèbre.

Les jours passent et je ne les supporte plus. J'attends de les voir tomber pour vivre la naissance de mes nuits. Je désire leur déclin pour savourer la fuite de toute luminosité qui m'agresserait.

C'est ainsi que je m'isole de plus en plus, que j'obstrue chaque ouverture vers le monde. Mes jours ne doivent plus exister. Seules mes nuits doivent m'accompagner, seul ce noir que je supporte si bien. J'ai cloué des planches. Les clous s'enfonçaient un à un. Le bruit du marteau explosait dans ma tête. J'avais hâte qu'il cesse de marteler mon esprit, mais c'était un passage nécessaire. Je ne pouvais pas faire autrement que supporter son bruit et l'endurer durant quelques heures pour que les jours soient enfin couleur nuit.

Le temps défile ainsi et j'évite de le regarder. Je fais en sorte de ne plus le sentir.

Une nuit, ou était-ce un jour à la teinte nocturne, je ne savais plus, le tonnerre grondait. Je devinais les éclairs qui fusaient. C'était intense, violent, au-delà d'un simple orage. Ma tête était gorgée de tout ça, elle était lourde de toutes ces agressions qui éclataient. Les ténèbres s'installaient et je les vivais pleinement.

Le monde n'existait plus. Il s'était effondré. Il n'y avait plus de lumière. Il n'existait plus de couleurs. Seul le gris dominait, s'offrait à moi. Il n'y avait plus de vie. J'étais seul dans ce nouveau monde. Cette nouvelle vision pénétrait petit à petit en moi, comme un grand froid d'hiver, un hiver que j'imaginais éternel. Et je comprenais que le monde saccagé serait certainement intolérable.

Mais je ne les avais pas encore entendues.

Elles sont venues briser mon silence, pulvériser mon repos que j'espérais perpétuel. Elles me semblaient sortir d'un rêve. Un rêve qui se transformerait en cauchemar.

Au début, j'entendais ces voix de temps en temps seulement. Elles me semblaient plaintives. Elles n'avaient rien d'inquiétant lors de leur première apparition. Elles ne me faisaient pas peur. Je tentais de les ignorer, de passer outre leur appétence naissante. J'essayais de négliger l'attrait qu'elles semblaient avoir pour moi.

Puis elles sont devenues de plus en plus présentes, de plus en plus pressantes, de plus en plus menaçantes. Je n'arrive plus à faire abstraction de ces voix qui deviennent hurlantes. J'ouvre grands les yeux afin de mieux les entendre, pour me rendre compte qu'elles sont bien réelles.

Et pour me protéger, je passe des heures à dormir, des heures à ne rien faire, des heures qui ne servent à rien. Je ne fais plus aucun effort pour me nourrir, pour garder une température ambiante afin de ne pas avoir froid, afin de réchauffer mon corps qui est devenu aussi glacé que mon cœur. L'hiver est ancré en moi.

Je me plonge dans un sommeil quasi permanent. C'est un moyen de ne pas affronter les réalités, mes réalités, la perte de mes amours, la décadence du monde. À cause de cette inertie, de mon état embrumé, ma perception des sons qui arrive jusqu'à moi est confuse. Les choses, que j'arrive à discerner, sont brouillées.

Je me crée ce monde perdu en faveur d'un égarement plus facile à gérer. Mais j'entends ces voix qui crient de plus en plus férocement. Je ne peux pas voir les êtres qui s'époumonent derrière ma porte. Mais leurs voix sont si atroces à mes oreilles que j'imagine des créatures à l'allure monstrueuse, à l'apparence barbare, des bêtes chimériques sorties de mon esprit dolent.

La solitude, l'obscurité, ces voix hurlantes, qui se font de plus en plus insistantes, de moins en moins engageantes, me rendent fou.

Je transpire malgré le froid et les couvertures qui m'enveloppent semblent peser une tonne sur mon corps inerte. L'odeur de ma sueur, que je ne devinais pas jusqu'à présent, me caresse maintenant les narines. Je me sens prisonnier de ma peur, de la terreur qui me saisit de toutes parts.

J'essaie de me concentrer sur chaque bruit, sur chaque mouvement, que je distingue. Mais seules les voix hurlantes martèlent mon crâne.

Je n'ai rien entendu, rien vu venir. Et ce qui arrive ensuite, leur intrusion dans mon antre, n'a pas fait plus de bruit qu'un léger voile tombant sur le parquet.

Je ne perçois pas le temps s'écouler, mais je sens maintenant une présence près de moi. Je force mes paupières à s'ouvrir. C'est les yeux mi-clos que j'apercevais une personne à mon chevet. Elle est assise sur une chaise, me tiens la main, ne cesse de me parler. Plusieurs autres spécimens gravitent autour de mon lit. Mais ils n'ont rien d'effrayant et leurs voix ne sont pas hurlantes. Elles me semblent douces.

J'insiste pour ne pas murer mon regard malgré la lumière qui me fait mal. Je ne veux pas sombrer à nouveau, car j'entends ce que les voix me disent. Je les écoute et elles me disent calmement qu'elles m'appellent depuis des jours, depuis des semaines, que leurs murmures des débuts se sont transformés en cris. Elles ont vibré de plus en plus fort, elles ont paniqué. Tout ce qu'elles veulent, c'est me sortir de l'inertie.

Ces voix hurlantes qui m'effraient tant ne sont rien d'autre que la douleur exprimée par ceux qui s'inquiètent pour moi.

Les larmes coulent alors sur mon visage. Je les bois en même temps que j'avale leurs paroles. Je réalise ma folie, je comprends ma déchéance. J'ai été, et je suis encore, la proie de la douleur éprouvée par de la perte de ma femme et de fille. Mais le monde, que j'ai cru en ruine, m'apparaît comme il a toujours été. Ce monde atroce, celui que je me suis inventé, n'existe pas.

Ma souffrance explose et seule ma voix hurlante emplit désormais les lieux.

4ᵉᵐᵉ *TOUR D'IVOIRE*

MON BEAU MIROIR

L'absence d'un regard, l'omission d'une attention, l'insuffisance d'un geste, d'un mot, d'une caresse, sont des manquements à la vie, des violations à toute jolie inclinaison. Et ces carences laissent des traces.

Je m'appelle Juliette et je suis sans vie, car je ne provoque aucun penchant.

Les jours, les mois, les années passent et rien n'arrive, rien ne survient. Et mon Roméo, tant attendu, a comme trépassé sans n'être jamais apparu. Ou peut-être n'existe-t-il pas, tout simplement ? C'est une éventualité à laquelle je refuse de penser, une possibilité à laquelle je ne peux pas me résigner. Ainsi, je continue à espérer, à rêver, à fantasmer. Seule. Ces rêves de sensations jouissives, je les échafaude, je les forge, jour après jour.

Mon problème est que je passe totalement inaperçue. Je suis la femme invisible. Je suis imperceptible. Je suis celle que l'on bouscule sans même le constater. Les gens que je croise peuvent glisser à travers moi sans s'en rendre compte, sans me sentir. Ce n'est ni un choc ni une caresse. Ce n'est ni violent ni paisible. Je fais partie des banalités qui laissent complètement indifférentes et je n'appartiens à aucun des deux extrêmes. Je n'ai pas l'esthétique et encore moins l'inesthétique. Je ne possède pas la beauté, le charme, le charisme, la prestance, qui permettent que l'on se retourne sur mon passage. Je ne suis pas assez laide, pas assez disgracieuse, pour que l'on me remarque, pour justifier la moindre grimace, le plus petit ou le plus grand dégoût. J'incarne simplement le quelconque, le commun, l'ordinaire, le banal. Je traverse ma vie dans une réalité qui ne me convient pas, qui ne me plait pas. J'ai comme l'impression qu'elle est déjà écrite et qu'aucun élément imprévu et soudain ne viendra changer ce qui est tapé sur la machine à écrire tissant mon existence. J'ai pourtant la folle envie que des choses se trament entre les lignes de ma biographie. Cette impression d'être une création du début à la fin, et à laquelle je ne peux malheureusement rien modifier, frustre sans cesse mon quotidien. Un quotidien dont je suis captive depuis bien trop longtemps.

***

Il ouvre les yeux dans le noir de sa chambre et dirige son regard vers la fenêtre. Il ne voit rien, mais il l'imagine se réveiller doucement. Il la sent et la respire au loin. Elle est là, juste de l'autre côté de la rue. Elle est tant en lui, et depuis si longtemps déjà, qu'il ne ressent pas le besoin de fermer les yeux pour qu'elle se matérialise dans son esprit.

***

Encore un matin au sortir d'un sommeil lourd de rêves. De ceux qui, malheureusement, sont éphémères. L'esprit embrumé par les nappes d'un brouillard difficiles à dissiper, je réalise que je suis seule, encore et toujours. Et comme chaque matin, je me rends compte de ce que je ressens à ce moment précis. C'est un triste, mais fatal, sentiment d'abandon qui me frappe pour me rappeler que mon réveil ne sera pas une renaissance en une personne différente. Une femme victorieuse d'avoir près d'elle un être de chair qui comblerait ses attentes. Je me sens ainsi dénudée des doux effleurements du fantôme qui partage mes rêves et que j'aimerais retrouver à l'aube de mes jours. Sans lui à mes côtés, j'ai le loisir et le temps de digérer cet état d'être. Un état désespérément désert. Un état qui laisse mes pensées fantasmatiques vagabonder.

Encore un matin où je dois laisser de côté toutes mes pensées matinales, toujours les mêmes. Je pense à ce besoin incroyable de la présence d'un corps qui ne fera qu'un avec le mien. Encore un matin où je dois aller affronter l'indifférence générale, le désintéressement à mon égard. Le dédain des gens de la rue, des gens que je côtoie chaque jour au travail. Je suis sans joie, car sans la moindre attente. Sans cet entrain qui m'a abandonné depuis longtemps. Je me sens indéfiniment orpheline de la vie, dans ma vie.

Je déroule la couette qui enclave mon corps et je me drape de l'air de ma chambre, celui qui reste à la porte de mon lit, qui n'a pas pu m'envelopper pendant quelques heures. Il est temps de me laver de mes rêves exotiques, de rincer les coulées d'une lave sensuelle qui sillonne chaque matin mes courbes et mes creux, mes collines et mes vallées. Il est l'heure de me quitter et de devenir l'autre, celle que je dois supporter chaque jour. Elle est si différente de celle que je suis lorsque je suis seule, celle à qui je chuchote intérieurement que d'ici la fin du jour je serai de nouveau moi pour quelques heures. Les yeux à peine ouverts et je suis déjà dans l'attente du soir pour me créer, encore et encore, mon domaine. Un château où je suis la reine, où je suis la plus belle, celle que l'homme de mes rêves adule. Un lieu où l'aridité de mon corps n'est plus.

Je me lève et je vais vers ma fenêtre. Je m'apprête à lever le rideau sur cette nouvelle journée faite de renoncements à mon égard. Je vais laisser l'air s'insinuer et me ramener hors de mes chères divagations.

***

Il est là, derrière sa fenêtre, le regard au-dehors. Il fixe le volet un peu plus loin. Ce volet qui n'est pas encore ouvert. La pâle lumière de l'aube le rassure, il est encore tôt. Il sait que d'ici peu la représentation de son évident fantasme va apparaître au fur et à mesure que les persiennes s'élèveront. Cette vision ne durera que quelques instants, des secondes ponctuées par ses soupirs, par son souffle en légère accélération, par son rythme augmenté et désireux. Une respiration, qui le soir venu, sera de plus en plus dans l'envie de crier son appétence.

***

Le froid m'agresse lorsque je me dirige d'un pas rapide, mais pesant, vers mon bureau, vers ces gens qui seront près de moi la journée durant, ceux qui ne me voient pas. Mon regard planté dans l'asphalte, je ne veux surtout pas voir les passants, les flâneurs, ceux qui ne me regardent pas. Mes yeux dirigés vers le bas ne peuvent pas deviner le chemin de leurs pas, ne peuvent pas s'imager la direction qu'ils prennent. Je marche sans réfléchir, tel un automate sans âme et sans cœur. Car mon cœur ne m'accompagne pas dans cet instant d'extrême solitude. Il est resté à la traîne, il ne veut pas me suivre. Et ma solitude pèse sur moi comme un fardeau pénible à porter et dont il est difficile de se débarrasser.

Parfois, il arrive que mon cœur se mette à battre la chamade, qu'il s'emballe, à la simple pensée qu'une voix, un mot, une phrase me soient destinés, me fait relever la tête et détourner mon regard du trottoir que je foule.

Petite fille, je ressentais l'effet inverse. Ce n'était pas l'espoir qui provoquait ce chamboulement intérieur, mais la peur que l'attention se porte sur moi. Je rêvais d'être une minuscule particule pouvant se cacher à toute occasion. Et aujourd'hui je désire au plus profond de moi ne plus être cette toute petite chose qui se dérobait et se soustrayait au moindre empressement à son égard. Serait-il possible qu'à force d'empêcher le passage à la moindre sollicitude, je sois devenue invisible, que ma silhouette se soit effacée petit à petit jusqu'à gommer ma personne ?

Cette pensée me traverse l'esprit quelques secondes avant de me concentrer à nouveau sur les milliers d'enjambées que je croise, qui me devancent à vive allure.

Le monde est pressé de se rendre là il doit aller, tandis que je subsiste dans ma lenteur. Je prolonge cet instant passé dans la foule anonyme, parmi ceux qui n'ont aucune raison de s'adresser à moi, qui ont toute légitimité à m'ignorer. J'étends le moment où je serai avec ceux qui ne devraient pas avoir cette pertinence, ceux qui me connaissent.

***

Il a maintenant quitté son poste d'observation, il s'est détourné de l'extérieur lorsqu'il la voit disparaître au loin.

Chaque matin, il attend. Il attend de voir se lever le volet, ce rideau obscur qui brise toute possibilité de pénétrer avec effraction, de faire entrer son appétence, ses émois. Il attend jusqu'à l'apercevoir. Puis il patiente encore un peu, le regard dirigé vers la rue, afin de la voir s'éloigner et s'évanouir pour la journée. Il la regarde alors une dernière fois. Il a tout le loisir d'embrasser sa démarche, de souligner ses courbes, de caresser des yeux la cambrure de son dos, le galbe de ses fesses. Il imagine sa lune sur laquelle il aimerait se poser, se reposer.

***

Les heures passent avec lenteur, ne s'effilochent pas comme je le voudrais. Je les vois flotter au-dessus de moi comme des spectres hantant les lieux. J'aimerais les voir se sauver rapidement telles des étoiles filantes laissant une légère trace de leur passage, une courte escale, tout simplement. Mais elles me narguent et je peux presque voir leurs petits sourires en coin.

Mes yeux se lèvent comme si ces heures allaient se matérialiser, arriver enfin à leur terme. Mais le seul spectacle concret qui s'offre à moi est la vision de mes compagnons de travail qui vaquent ici et là, se parlent, rient d'une plaisanterie qui n'est pas arrivée jusqu'à moi. Leurs bouches sourient, leurs yeux se plissent gaiement, des petites rides se forment, belles ou laides, mais toutes sont si joyeuses. D'autres font la moue, s'expriment négativement, manifestent leurs désaccords.

Ils se voient les uns les autres. Ils s'observent, se détaillent, se plaisent, ou se déplaisent. Certains sont complices, d'autres ressentent une véritable hostilité envers leur voisin de bureau. Mais ils se sentent vivants, car un cordon les relie. Ils sont unis par de bons ou mauvais sentiments.

Quelques-uns se retrouvent régulièrement à la machine à café et discutent de tout et de rien, se confient aussi. Quelques femmes restent babiller, cancaner, commérer devant la grande glace des toilettes au bout du couloir. J'évite de les croiser, car je sais que ma solitude sera d'autant plus grande d'être aussi près d'eux sans ressentir l'émanation d'une interpellation, d'une petite vigilance, même d'une maigre délicatesse.

Je suis donc seule et je me sens moins qu'une ombre. Car une ombre, même figée, est visible. C'est une trace que l'on contourne ou sur laquelle on peut marcher, qui a quand même une apparence, une certaine existence.

La journée passe ainsi, interminable. Les heures traînent en longueur, les minutes ont du mal à se suivre, les secondes sont presque immobiles. Elle est comme les aiguilles d'une pendule qui ne paraissent pas avancer, qui ne semblent plus se déplacer.

Mais le jour arrive enfin à son crépuscule. L'espoir, qui m'a tenaillé toutes ces heures, voit enfin la lumière poindre, celle que j'espère depuis ce matin. Une lumière qui va me mener jusqu'à la semi-obscurité de mon antre, de ma chambre, jusqu'à mon miroir.

Durant ces dernières minutes où l'excitation s'empare de moi petit à petit, je ne quitte pas des yeux la grande aiguille de la pendule que je me permets de scruter discrètement. Je la vois bouger lentement, mais sûrement. Je l'accompagne de tout mon cœur jusqu'à ce qu'elle atteigne la position tant désirée.

Je peux enfin partir.

Je m'arrache de ma chaise. J'attrape mes affaires. Je salue vaguement mes collègues d'un signe de tête et d'un murmure presque inaudible. Cela suffit, car certains ne me répondent pas, tandis que d'autres le font de manière mécanique, sans savoir à qui ils s'adressent, sans prendre la peine de lever la tête, de poser leurs yeux sur moi.

C'est à ce moment-là que je suis libre. Libre d'aller vers ma liberté d'être.

***

Il sait que l'instant est venu. Il va pouvoir se délecter de jolis contours, de vallons qu'il aimerait tellement gravir, d'une peau qu'il voit parfaite et qu'il honorerait bien de ses mains.

Il a traversé la journée sans y penser pour ne pas subir l'attente. Mais son horloge interne se met à sonner, l'avertit, met ses sens en éveil. L'aiguille de sa propre pendule est ainsi à l'emplacement qu'il affectionne.

***

Mon beau miroir est là, devant moi. Il me donne ce que personne ne m'offre. Il sait me guérir du mal qui me ronge.

La lumière est maintenant tamisée, le jour s'en est allé. Dans la pénombre de ma chambre, le silence est presque roi. Je perçois le bruit encore présent de l'extérieur. Celui-ci flotte dans la pièce et l'eau qui s'écoule dans la tuyauterie pour chauffer mon nid l'accompagne calmement, comme le lit d'un fleuve qu'on entendrait au loin.

Je ne ferme pas les yeux, je veux voir ses mains, les mains de mon amant imaginaire. Des mains qui, concrètement, sont les miennes.

Je suis nue devant mon miroir et je contemple mon corps. Je suis seule à le voir, j'en connais chaque parcelle. Mes mains se promènent, me parcourent, me caressent, me font me sentir belle.

Mes mains se fondent sur ma poitrine, mais, lorsque je me regarde, je les vois autres. Les mains posées sur ma peau sont fines, mais robustes, de longs doigts aux ongles coupés courts, des mains qui appartiennent à mon amoureux chimérique. Elles me procurent une chaleur qui envahit mon corps et me laissent percevoir le plaisir qu'elles vont produire sur moi, en moi. La main droite descend légèrement et lentement. C'est une caresse sensuelle qui me fait doucement frissonner. Des frissons que ne m'apportent pas le souffle de la fraîcheur crépusculaire. Des frémissements qui, au contraire, me gratifient d'une fièvre subtile et voluptueuse. Cette main saisit délicatement mon sein et deux doigts jouent avec mon téton qui durcit et se tend vers une bouche invisible.

Je rêve à ce moment d'une langue qui s'y promène et vient y déposer sa salive pour stimuler mon désir, le faire jaillir.

J'imagine mon galant immatériel glisser sur moi, se mêler en moi. Je rêve ses mains coulant vers mon ventre, slalomer sur mes méandres capricieux, m'embrasser, m'enlacer, se délasser pour me reprendre avec davantage de fougue.

Ses mains prolongent la jouissance de ces caresses, la délectation de ces effleurements accentués. Je ne veux surtout pas me dérober, je ne souhaite pas me détacher de mon impossible bien-aimé.

Je ferme les yeux quelques secondes pour l'imaginer encore, pour voir ses mains progresser, pour faire durer cet instant enivrant.

Ses doigts dansent sur ma peau, dessinent des arabesques indécelables, glissent de plus en plus bas jusqu'à sentir ma fine toison, s'y mêler, s'y emmêler, s'y mélanger. Un doigt survole mon clitoris. Je le sens à peine, mais sa présence m'étourdit. Ce doux délice me renverse, me retourne, me met dans l'espoir d'une prochaine réjouissance, m'entraine vers cette attente.

Je ne vis pas encore l'orgasme qui monte peu à peu en moi, mais j'éprouve la lascivité qui me mènera jusqu'à l'exaltation.

Je les sens maintenant plus bas. Ses doigts me frôlent, d'abord doucement, puis de plus en plus insistants. Ils me caressent, me flattent, me charment, me font succomber. Ils me lutinent, me taquinent. Mon sexe s'énerve, se dilate, se gonfle, il devient chaud, de plus en plus mouillé, s'inonde de désir.

Tout se bouscule dans mon esprit. Des images excitantes se superposent.

Je vois ses doigts entrer en moi et une ivresse voluptueuse s'empare de tout mon être. Je vois sa langue me goûter, m'agacer. Je jouis. Un ravissement de bonheur anime tout mon corps. Je vois sa verge me transpercer et je monte au ciel, comme épinglée, tant la jouissance qu'il me donne est intenable.

À bout de souffle, je me raccroche à la paroi de mes envies pour émerger hors de mon émoi.

Mon cœur palpite, mon sexe est trempé par son appétit assouvi. Ce qui vient d'arriver, ce que je viens de quitter défile dans ma tête. Mon amant que je sais ne pas exister. Le plaisir solitaire que je me donne. Les cris d'extase que je suis seule à entendre.

***

Il la regarde et sa soif d'elle est sans mesure. Il aime la voir faire et refaire ce ballet divin. Il rêve de la voir se retourner et croiser son regard. Il aime à croire qu'un jour elle réalisera qu'il est là.

***

Je me tourne vers la fenêtre et je m'aperçois que le store est ouvert, que je m'expose, que je n'ai pas pensé à m'emmurer.

Je suis nue, les joues enflammées par l'ardeur que je viens de vivre. Ma bouche est encore légèrement ouverte et sèche de mes halètements de plaisir. Mon cœur est essoufflé, mais tellement allègre.

Et je le vois. Cet homme est de l'autre côté, dans l'immeuble en face. Il me regarde, il me sourit. Je reste telle que je suis, car je lis dans ses yeux, je devine sur ses lèvres, qu'il aime me voir ainsi. C'est si naturel ce qui se passe. Ce fil qui nous lie soudain. La pensée que je peux lire dans son regard et qui est mienne.

Je lui souris et mes yeux lui parlent, mon esprit s'envole vers le sien. Je le gratifie de libérer mes angoisses, de m'offrir ce cadeau.

De nouveau, mon corps se tourne vers mon miroir, cette psyché qui me rend belle, cet ersatz. Je me rends compte alors que mon beau miroir se trouve de l'autre côté de la rue, derrière la fenêtre en face, et que ma vie sera différente à partir d'aujourd'hui. Cette vie qui était dénuée du chemin sur lequel je voulais aller.

5ᵉᴹᴱ TOUR D'IVOIRE

SON MONDE AUTREMENT

Quelle histoire ! Et surtout, comment mettre de l'ordre dans ma tête tellement l'épisode qui vient de se dérouler m'habite, me hante, m'obsède, depuis qu'il s'est révélé à moi ? Mes pensées n'arrivent plus à gambader sur une autre voie, elles ne sont ni ici ni ailleurs, elles restent figées sur ce que je viens de vivre.

Je suis de retour chez moi et je tourne en rond dans mon salon tel un animal en cage. Je me cogne contre les meubles de temps à autre. Je ne suis pas vraiment en colère, bien que celle-ci soit bien présente en moi. Je suis désemparée. Et je ferme les yeux pour vider mon âme de la lumière qui m'entoure. Je souhaite effacer de ma mémoire ce qui vient de se passer. Comme si cela avait été un songe, une mauvaise hallucination. Mais ce n'était pas un rêve. L'obscurité envahit tout mon être, mais les images de mon père, celles qui m'assaillent depuis, restent figées là et je ne trouve pas le moyen de les faire sortir. Elles sont prisonnières dans ma tête, comme le sont les oiseaux enfermés dans leurs cages et qui n'ont plus la possibilité de voler. Elles sont comme le monstre qui venait hanter les nuits de mon enfance. J'aimerais aujourd'hui me battre contre lui jusqu'à la victoire, jusqu'à ma joute finale et triomphale. Mais je revis la scène sans cesse, sans pouvoir appuyer sur le bouton-stop.

Chaque mercredi matin, je vais voir mon père et je supporte cet être inanimé, ce corps immobile et qui m'accable. Quand j'arrive, le bruit de mes pas, le bruissement pourtant audible de mes vêtements, le pianotage de mes doigts contre mon sac à main, le soufflement de ma respiration, les battements de mon cœur s'évanouissent à l'instant où je me trouve devant lui. C'est comme les tonalités dans mon téléphone qui lui sont destinées lorsque je l'appelle. Il n'entend rien et ne voit rien. Il reste figé sur lui-même, sans s'ouvrir au monde qui l'entoure. Il est là, comme à chaque fois, assis, presque avachi, devant sa vieille table de cuisine au bois terne, tachée et transpirante de vieilles émanations qui me soulèvent le cœur à chacune de mes visites. Il arrive parfois que je le trouve endormi à cette même table, la joue collée parmi les miettes non ramassées, la graisse non essuyée.

Tout ici est triste. Je ne vois que du gris, même si ce n'est pas le cas. Mes yeux doivent changer la couleur des choses dès lors que je franchis le seuil de la porte. Je découvre également des tas d'objets insolites qui n'ont pas leur place ici, ou qui l'ont peut-être eu à une époque lointaine. Mais j'ai beau me creuser l'esprit et tenter de me souvenir, cela ne me revient pas.

Un panier à bûches, un serviteur et un pare-feu alors que la cheminée brille par son absence. Une élégante canne en bois sculpté et au pommeau joliment travaillé, alors que mon père ne boite pas et ne se fatigue jamais à faire de longues marches. Une malle débordante de jouets pour enfants et moi, la seule fille de mon père, je n'ai pas d'enfants et aucun voisin alentour n'en a. Je ne vois jamais personne ici en dehors de mon père qui est si seul. Une de ces machines à faire du popcorn et cela me laisse perplexe à chaque fois que mon regard se pose sur elle. Et d'autres objets qui me troublent, me déroutent, me déconcertent de plus en plus au fil du temps, au fur et à mesure que je constate leur présence.

L'aspect de ce désordre environnant, la tristesse des lieux, cette atmosphère maussade et ce père sans vie, sans la moindre étincelle, me déplaisent et même m'irritent. Mais je ne déroge pas à mes passages hebdomadaires. Mon père ne m'enchante plus depuis très longtemps déjà, mais je ne peux pas le laisser irrésolument seul, même si je ne trouve plus aucune signification à ma présence près de lui. J'y vais comme un automate, faisant le même trajet, effectuant les mêmes gestes, lui prodiguant les mêmes paroles, lui réservant la même indifférence de cœur, le même aveuglement face à sa personne.

Autrefois mon père me charmait. Mais il y a si longtemps de cela. Et les années ont passé en laissant le charme s'estomper et emprunter les couleurs pâles d'une aquarelle. Je le regardais avec mes yeux de petites filles, mais mes yeux sont devenus grands. Ses paroles, que je buvais avidement, sont devenues, au fil du temps, intolérables, et ses mots imbuvables. Ils s'engorgeaient sans trouver le chemin de mon cœur qui pourtant rêvait de se gonfler davantage afin de conserver l'amour et l'admiration que j'avais pour mon père. Mais ma fascination était d'un autre temps et cet avant revient me rappeler combien il s'appliquait à me plaire et à me captiver.

Le soir, pendant que ma mère préparait le dîner, je restais dans ma chambre, la porte close. J'aimais m'isoler avec mes jouets, mes feuilles et mes crayons, mes rêves de petite fille. Des histoires de princesses et de chevaliers me trottaient dans la tête. Le temps passait ainsi jusqu'à ce qu'un léger grattement derrière la porte me fasse lever la tête, laisse apparaître un sourire sur mes lèvres et un pétillement dans mon regard. On aurait dit un petit animal essayant de passer outre ce barrage qu'il était incapable de franchir. Mais c'était mon père et il était enfin rentré. Sa journée de travail achevée, il franchissait l'orée de notre maison, embrassait rapidement ma mère, sans plus insister pour la regarder, ni même lui parler. Il lui consacrera du temps plus tard. Car il n'avait qu'une envie. Un empressement semblable au mien et qui me tenaillait chaque jour. C'était de se retrouver tous les deux, père et fille, complices. Une connivence que nous ne voulions pas partager avec ma mère. Elle avait pourtant tenté quelques intrusions. Mais, ni mon père ni moi, nous ne faisions l'effort de l'intégrer dans nos tête-à-tête, nos bavardages incessants et les confidences qu'il me faisait.

Car des confidences, mon père m'en faisait une multitude qui me faisait tourner la tête. Et à l'époque, elles étaient des énigmes pour moi. Il me les susurrait, tout bas, des petites messes-basses, telles des cachotteries que je devais seule entendre, des gourmandises qu'il m'aurait offertes dans le creux de sa main. Nous ne voulions surtout pas de ma mère, car lorsqu'il lui arrivait de nous entendre, elle levait les yeux au ciel et poussait des petits soupirs d'exaspération. Je la sentais s'énerver lorsque les paroles que mon père me glissait dans l'oreille parvenaient jusqu'à elle.

C'était dans ces moments qu'il me murmurait ses histoires, son histoire. C'était un doux fredonnement qui me parvenait et m'emplissait comme les jolies paroles d'une chanson. Ses mots m'enchantaient, me caressaient et me faisaient presque ronronner de plaisir. Mon père me disait avoir traversé le temps. L'Histoire était son histoire. Il me disait avoir tout fait, tout vu, tout vécu. Il me racontait des moments d'autres horizons, des époques lointaines, il me citait des personnages qui ne m'évoquaient rien. Il me contait des airs de troubadours, des révolutions, des guerres. Il se drapait d'un drap et brandissait une épée invisible. Je le regardais comme les héros des films que j'avais parfois le droit de regarder. Ses histoires lui donnaient des ailes et moi je riais. Il les semait de telle façon que j'en réclamais encore.

Puis mes rires se sont affaiblis. Ils se sont voilés peu à peu, et au fur et à mesure que les années passaient. Cependant, mon père continuait à déployer ses ailes. Ses histoires répétées me fatiguaient de plus en plus et, en grandissant, je devenais défiante. De croyante j'étais devenue incroyante. Je devenais hermétique au monde de mon père. Je comprenais de mieux en mieux ce qu'il me contait, je sirotais toutes ses paroles qu'auparavant je buvais. Je m'interrogeais. Il ne cessait d'insister sur le fait que ce n'était pas des histoires, mais son histoire. Il y était, y avait participé, et il pouvait me le prouver. Mais j'ai attendu les preuves en vain. Je devenais grande et l'admiration que j'avais pour mon père, mon héros, s'amenuisait. À mes yeux, le surhomme se transformait en homme banal qui cherchait, par ses élucubrations, à gagner mon amour. Puis il a cessé de venir, il ne grattait plus à la porte de ma chambre. Et mon père resta seul avec ses histoires, son histoire.

Aujourd'hui, je suis arrivée chez mon père avec une heure de retard. Je ne me donne pas la peine de prendre mon téléphone et de l'appeler, que ce soit pour savoir comment il va ou pour le prévenir de mon arrivée. Toutes ces sonneries qui se perdent, s'égarent, s'évaporent, je ne sais où, sans même un répondeur qui se déclenche, me désespèrent. Malheureusement, je sais à quoi m'attendre. Je sais mes mots, je sais mes gestes. Je sais son silence, je sais son atonie. Cela me rend triste d'avance. Mais avant que la tristesse devienne une fatalité bien ancrée, tout mon être se fige devant la scène qui s'offre à moi. C'est un théâtre désarticulé, un décor de mauvais augure. J'essaie pourtant de ne pas paniquer, car je me dis que la peur porte malheur. Et je rejette le malheur.

Je vois mon père comme je n'ai jamais voulu le voir. Je souhaite soudain le voir se revêtir de l'attitude qu'il a depuis des années, de sa rigidité d'âme et de corps. Mais je ne veux surtout pas le voir comme à ce moment-là. Mon père n'est pas assis, inerte, devant sa table, comme à son habitude. Il est presque étendu sur son vieux tapis élimé, le sourire aux lèvres, et fredonne une chanson enfantine. Un désordre sans nom règne dans la pièce. La malle est vidée de ses jouets qui cloisonnent mon père de part et d'autre. Ses mains saisissent un jouet, le rejettent pour en prendre un autre, tel un tout jeune enfant n'arrivant pas à se concentrer bien longtemps. Les étagères, derrière lui, où sont habituellement rangés ses livres d'Histoire et quelques albums photo, sont dépeuplées, car le sol les a recueillis. Les papiers glacés, qui représentent nos nombreux souvenirs, sont éparpillés et sectionnés grossièrement. Toutes ces photos se trouvent dépouillées de l'image de mon père. Et je vois son portrait collé maladroitement ici et là sur les illustrations de ses livres d'Histoire. Mon père, qui toute sa vie a voulu me faire croire qu'il avait traversé le temps, fait aujourd'hui en sorte que ses chimères deviennent réalité, sa réalité.

Je regarde cette apocalypse et des larmes silencieuses coulent sur mon visage. Je m'approche de lui et je le prends dans mes bras. Mais lui ne pleure pas. Il continue de sourire et de fredonner. J'ai envie qu'il se taise et qu'il me laisse gémir en toute tranquillité. Je comprends aussi que mon père n'est plus là. Je perçois que ces objets inaccoutumés, qui depuis quelque temps apparaissent, sont des acquisitions qu'il a dû faire au fur et à mesure que sa raison le quittait.

Mon père est désormais seul dans l'arène de son être où il s'est perdu, où il est devenu l'ombre de ses divagations. Et je vois son monde autrement.

6ᵉᴹᴱ TOUR D'IVOIRE

ÉVANESCENCE

Je n'ai pas envie de mourir. Et je n'ai pas envie de vivre non plus. Je ne veux simplement plus de ma vie, la vie qui est la mienne depuis quelque temps déjà, cette existence qui m'accompagne au quotidien.

Cela aurait pu être une jolie histoire. Mais elle est triste. Elle a été un peu féérique, un peu fantastique, comme les contes de mon enfance. Un conte que Charles Perrault ou les frères Grimm auraient pu écrire.

Je ne suis ni Cendrillon, ni Blanche-Neige, ni la Belle au bois dormant.

Je suis moi. Et c'est mon histoire. Mais elle est toute autre que celles de ces princesses de dessins animés.

Je m'appelle Lorette et j'ai trente-quatre ans. Je n'aime pas ce prénom qui fait un peu vieux jeu. Je n'ai pas l'âge pour le porter. Cependant, je m'en accommode. Parfois, je me dis qu'il a l'avantage d'être original, que je ne risque pas de le croiser à chaque coin de rue.

Je suis libre comme l'air. Enfin presque.

Je n'ai pas d'enfants pour occuper mes journées, mes soirées, mes nuits. Je n'ai pas à supporter les cris, les pleurs, préparer les repas à heures fixes, les bains à donner, les couches sales et nauséabondes à changer, la morve au nez à essuyer, le stress à endurer à force de courir dans tous les sens sans penser à moi une seconde. Mais je n'ai pas les rires joyeux, les babillages, les câlins. Je ne connais pas l'amour que peut ressentir une mère. Un jour, peut-être. Pour l'instant, je n'en ai aucune envie.

Je me sentais encore libre comme l'air, bien que j'avais rencontré un homme depuis peu. Mais cet air est devenu pollué.

J'ai rencontré Matthieu. C'est si récent que je ne me sens pas encore enchaînée. Enfin, je le croyais. Personne autour de moi ne me voit ainsi. Personne ne me voit attachée, liée, reliée, comme ligotée.

Avant lui, j'étais pendue au bras d'un homme différent chaque fois que je mettais le nez dehors. C'était avant et c'était couru d'avance. Pour mes amis, pour ceux que je croisais régulièrement lors de mes sorties nocturnes, pour moi. Avec qui sera Lorette ce soir ? Se dire que je pouvais arriver avec le même homme que la soirée précédente ne frôlait aucun esprit. C'était chose impossible. Et ce qui est chose impossible, personne n'y pense. C'était comme ça et pas autrement. J'étais libre comme l'air et ma porte restait entrouverte pour ceux qui souhaitaient avoir la possibilité de respirer mon air.

L'air circule encore librement dans mes poumons. Je pense que mon atmosphère n'est pas encore amendée par un être qui prend tant de place que je me sens incapable de respirer correctement sans lui. Je profite encore de cet état d'être, avec ou sans lui. Sauf qu'aujourd'hui on me voit avec lui ou sans lui, on m'envisage seule ou avec lui. Mais je suis avec Matthieu. Il est partout en moi, même absent, même si j'arrive à respirer sans lui.

L'air de Matthieu se mêle déjà au mien, l'envahissant peu à peu, à petits pas. Je le sens venir, s'insinuer dans ma vie, mais aussi dans mon cœur. Il se fait une petite place qui, je le devine, deviendra de plus en plus grande.

Je ne sais pas encore si j'ai peur, si je dois être effrayée de lui faire cette place, d'en avoir moins pour moi seule, de partager entièrement mon air, de le respirer à deux.

Ce fut une rencontre inattendue, une rencontre torrentielle dans tous les sens du terme.

J'errais agréablement au gré de mes pas, là où ils voulaient bien me guider. Sans réellement réfléchir, ils me dirigeaient ici et là, en prenant leur temps, sans précipitation. Je traversais un parc, joliment aménagé et peu fréquenté à cette heure peu avancée de la journée, avant de gagner tranquillement le cœur de la ville. Les rues pavées m'attendaient, prêtes à accueillir ma flânerie. Je regardais les vitrines des magasins qui défilaient devant moi sans y entrer. Je prenais mon temps, car j'avais tout mon temps.

Mais soudain, des rideaux de pluie, secoués par un vent violent, prirent possession des alentours. Un fleuve commença rapidement à se former dans la rue principale. Le ciel devint gris, un gris vraiment menaçant. Il ornait le ciel d'un bleu éclatant quelques minutes plus tôt. Ce bleu qui donne envie de plonger, de se noyer. Un bleu azur estival qui donne du baume au cœur. J'avais eu à peine le temps de réagir à ce brusque changement de teinte, à ce passage dans les ténèbres, à ce déluge inattendu. En quelques secondes, j'étais trempée, les pieds immergés dans plusieurs centimètres d'eau.

Je m'étais mise à courir aussi vite que possible, en restant prudente, sans risquer un entrechat peu harmonieux, pour ne pas chuter.

Mais j'avais quand même chaviré. Et tout mon corps s'affaissa.

Je courais afin de trouver un endroit où m'abriter, un lieu où le ciel ne me tomberait pas sur la tête. Je courais jusqu'au moment où un porche assez profond m'ouvrit les bras pour m'accueillir. Mais je n'étais pas seule à l'avoir vu. Un homme venait dans l'autre sens. Il se précipitait, fonçait vers ce porche sans me voir, sans que je l'aperçoive. Nous avions tous les deux la tête entrée dans les épaules, le visage baissé, les yeux rivés sur nos pieds pressés.

La collision de nos deux corps fut inévitable. Le mien, bien plus léger que le sien, ne supporta pas ce carambolage. Ce fut comme une impression d'avoir rencontré un obstacle aussi coriace qu'un sac de frappes, aussi dur qu'un de ces poteaux électriques qui trônent sur les trottoirs de la ville. Je vécus quelque chose de soudain, de puissant, de violent, mais de tellement bon. Un choc habillé de sentiments divers.

J'avais ressenti les effets de ce télescopage. Les ondes de douleurs à de multiples zones de mon corps. La sensation de tomber d'une falaise. La pensée d'une descente vers l'inconnu, vers une mystérieuse destinée que je n'étais pas impatiente de connaître. Et j'avais hâte qu'elle cesse. Mais cet abordage fut également autre. La vigueur de deux bras qui m'avaient capturée, de massives pinces qui m'avaient enserrée. La première fois que nos regards se croisèrent, ce fut un délicieux trouble qui m'avait saisi, un charmant abîme où me noyer. J'avais eu une grande envie de rire lorsqu'il s'esclaffa joyeusement. Un éclat radieux où pointait une tendre moquerie. Un rire communicatif, un rire que j'aimais déjà.

Ses mains me tenaient encore fermement et je n'avais pas envie qu'elles s'en aillent. Un désir incroyable m'enveloppa. Le souhait intense qu'il ne me lâche pas. Je trouvais ce contact tellement agréable.

Son parfum me chatouillait les narines et je n'avais jamais rien senti d'aussi bon. Je prenais possession de son odeur, elle m'enivrait, je l'adoptais.

Sa voix, grave et chaude, m'avait fait l'effet d'une caresse lorsqu'il me proposa de m'offrir un café pour se faire pardonner. Mais il n'avait rien à se faire pardonner, bien au contraire. Si nous ne nous étions pas percutés, je ne l'aurais jamais rencontré.

Et le café se prolongea en un plaisant déjeuner.

Les jours ont défilé. Avec d'autres cafés, d'autres déjeuners, quelques dîners. Quelques soirées calmes ou bien arrosées, quelques soirées à s'embrasser, à se caresser. Des soirées où nos corps se sont aimés. Quelques nuits où nous nous sommes mélangés, sa peau contre la mienne. Des nuits suivies par des petits déjeuners à deux.

Le nouveau rythme de ma vie que je partageais parfois, de plus en plus souvent, continua ainsi. Cette nouvelle existence qui se passait fréquemment à deux, se poursuivit sur cette douce et enchanteresse cadence.

Puis ce fut le temps des présentations. Dans son entourage et également dans le mien. Tout se passait bien, tout glissait.

Matthieu était là. Il siégeait dans mes pensées même lorsqu'il était loin de moi.

Les jours ont cheminé ainsi, les semaines ont vagabondé de bon cœur, quelques mois se sont achevés.

Aujourd'hui, Matthieu est encore là, plus présent que jamais, de plus en plus aimé, de plus en plus indispensable.

Mais pour ma part, je me sens de moins en moins là, de moins en moins visible, si peu perceptible. Je ne me sens plus être.

Je me suis sentie invisible, comme dérobée, pour la première fois lors d'une soirée. Une fin d'après-midi chaude et moite du mois de juillet dernier.

Matthieu et moi avions rendez-vous avec quelques-uns des amis que je lui avais déjà présentés. Des amis qui avaient compris l'importance de cet homme dans ma vie, sa nouvelle place dans mon quotidien. Des proches qui avaient saisi que j'étais désormais deux. Des intimes qui se mirent à nous aimer tous les deux.

C'était dans un parc du centre-ville, un parc aux allures de campagne. Le fleuve était là, non loin. Nous pouvions voir son eau verte et scintillante à cette heure où le soleil est près de se coucher, à l'heure où il se rapproche peu à peu de ce fleuve pour aller le rejoindre. Assis sur un coussin herbu et encore chaud des heures passées sous ce soleil d'été, nous étions entourés par les paniers déposés çà et là, remplis d'un convivial pique-nique que nous avions préparés joyeusement.

La conversation allait bon train. Elle partait un peu dans tous les sens, chacun ayant un moment de sa journée à raconter, une anecdote à partager, la soirée de la veille à relater, louer ou critiquer le dernier livre lu, le dernier film vu.

C'était une soirée comme j'en avais tant vécu. Un déclin du jour en bonne compagnie où nous laissions les dernières heures glisser sur nous de façon agréable, sans penser au lendemain. Mais cette fois-ci, c'était un crépuscule où j'avais l'impression de me perdre.

Je me sentais loin. Comme un soupçon de non-être, comme un doute de néantise. Je me voyais ombre, je me devinais sans apparence.

Je n'arrivais pas à participer à ce jovial rassemblement. J'essayais de trouver ma place parmi mes compagnons, je tentais vainement d'exister. Je regardais Matthieu, mais il semblait ne pas me voir. Il conversait gaiement avec chacun et je ne parvenais pas à m'imposer.

Je m'effaçais, je lui laissais l'espace qu'il occupait si bien. Je ne luttais pas contre le sentiment d'immatérialité qui m'envahissait. Je devenais abstraite et je capitulais. Je les regardais tous, je les observais, je les enviais. J'étais pourtant là, mais la solitude s'était emparée de moi. Je ne saisissais pas mon état, je ne comprenais pas leur éloignement ou le mien.

Je regardais mes mains comme si je ne les avais jamais vues. Mon esprit était perturbé par ce que je ressentais, par ce qu'il me semblait voir. Je me sentais vraiment bizarre. Je vivais un phénomène étrange, une manifestation de mon corps qui m'effrayait, mais qui me fascinait. Mon apparence me paraissait des plus anormales. Mes contours semblaient s'effacer. Comme si ceux-ci se dématérialisaient. Étais-je dans un rêve ? Un mauvais rêve ? J'éprouvais le malaise de ne pas savoir si ce que je voyais était réel ou si je divaguais. L'angoisse me tenaillait. Mon égarement était tel que je me trouvais ailleurs, au-delà de ceux qui m'entouraient, pleinement dans mon hypothétique délire. J'étais loin de Matthieu et de mes amis qui, de leur côté, passaient une agréable soirée. Un moment plaisant qu'ils partageaient sans faire attention à ma présence parmi eux. Une impression de grande solitude m'oppressait.

Mon isolement se manifestait aussi autrement. Quand je voulais me faire entendre, les sons avaient du mal à sortir du fond de ma gorge. Et lorsqu'ils y arrivaient, c'était grave, c'était rauque. Je ne reconnaissais pas ma voix. Comme si elle n'avait plus l'habitude de se faire entendre. Elle perdait son timbre naturel, sa tonalité d'antan. Sa douceur n'était plus. Chaque tentative pour qu'ils m'écoutent était vaine. Je les entendais discuter et rire, mais eux ne m'entendaient pas.

Je ne recevais aucun regard, aucun signe des personnes qui m'entouraient ce soir-là. Ils me montraient ainsi que je vivais en dehors de la réalité. Devenais-je folle ou mes compagnons faisaient-ils tout pour que je le croie ? Je n'en savais rien et j'étais perdue.

Je pensais à mon odeur aussi. Elle se posait là pourtant. Un mélange de gel utilisé sous la douche et du parfum onéreux que j'aimais tant. Cette aura capiteuse me poursuivait toute la journée, par vagues, par bouffées. Mais Matthieu et mes amis ne semblaient pas la sentir, ne semblaient pas remarquer les essences que j'exhalais.

La soirée s'était terminée ainsi. Je vivais en dehors d'eux. Je devais supporter ma nouvelle tour d'ivoire. Je vivais un calvaire.

Ce dîner sur l'herbe, à la lueur des réverbères qui se reflétaient dans le fleuve, fut le début de mon évanescence. Les jours, les soirées, les nuits qui suivirent me plongèrent dans cet état que je ne saisissais pas. Une intense solitude s'empara alors de moi. Je me sentais de plus en plus isolée, de plus en plus inexistante. Le monde évoluait autour de moi et je n'y participais plus.

Aujourd'hui, je me sens si transparente, si limpide, comme une impression de me vider de mon sang. Je me sens comme une pauvre âme errante. Même Matthieu semble moins faire attention à moi.

Je suis dans mon appartement, seule, allongée sur mon vieux divan en cuir, sans musique, la télévision éteinte, sans aucun bruit pour me tenir compagnie. Je suis seule à déprimer, à subir mon état, à regarder la nuit s'installer.

Je me remémore ces derniers mois. Je me concentre sur les instants passés. Je les dissèque. J'essaie de comprendre ce qui a pu m'arriver. Je tente de ne pas focaliser sur ce que je crois. Cette certitude de ma dématérialisation, ma transformation en un être de fumée que plus personne ne voit. Tout ceci ne peut pas être réel. Il faut que je sois lucide, car c'est chose impossible.

Je revis chaque moment. Ce que j'étais avant de rencontrer Matthieu, avant de l'aimer. Ce que j'étais pendant nos premiers rendez-vous, lors de nos premiers émois. Mon amour grandissant qui en demandait toujours plus alors qu'il me donnait déjà beaucoup. Le sien, intense aux premières heures, qui n'a jamais décliné. Mais je n'étais jamais rassasiée. Je voulais me sentir aimé, éprouver son désir à chaque fois que son regard m'effleurait. Mais il ne pouvait pas en faire plus. J'aurais dû me sentir comblée avec tout ce qu'il m'offrait déjà.

Inconsciemment, je me mettais donc de plus en plus en retrait. Je m'effaçais. Aveuglément, je me disais que si Matthieu ne me voyait plus, s'il ne m'entendait plus, s'il sentait moins ma présence, il redoublerait d'attentions et me comblerait davantage. Son amour pour moi gagnerait en force.

Seule chez moi, je suis lovée sur mon canapé, je me fais toute petite. Je réalise ma méprise, la bêtise de mon comportement. Je prends conscience que mon évanescence n'est pas. Elle n'est que chimère. Je l'ai créée de toute pièce. Je suis la seule cause de ma disparition, la seule coupable de la solitude qui me tourmente aujourd'hui. Je me suis écartée en espérant être plus visible. Mais mon éloignement a eu l'effet inverse.

7ᴱᴹᴱ *TOUR D'IVOIRE*

SINGULIERES FUNÉRAILLES

Ils traversèrent le pont sous la pluie pour se rendre dans le petit cimetière de l'autre côté du cours d'eau sillonnant la campagne. Une campagne devenue grise. Un gris aussi morne que le ciel chargé de gros nuages qui ne prenaient pas le large depuis des jours. Ces nébulosités déversaient leurs ondées incessantes sur des kilomètres à la ronde. La pluie imprégnait largement les routes et les chemins de terre. Ces flots rendaient glissantes les pierres et chaque amas de feuilles aux teintes automnales regroupées ici et là par des bourrasques de vent surgissant soudainement, disparaissant aussi promptement. Chaque maison alentour était gorgée d'humidité. Chaque toit pentu provoquait des chutes d'eau, tels des rideaux de pluie s'abattant sur les trottoirs, sur les passants.

Ceux qui traversèrent le pont sous ce déluge marchaient seuls, par deux, par trois. La procession progressait lentement, mais avec détermination. Ils étaient insensibles au froid, hermétiques à leurs vêtements ruisselants, oublieux de leurs cheveux trempés et des milliers de gouttes qui se promenaient, telles des larmes, sur les joues rosies. Et pourtant, les parapluies noirs formaient un abri qui aurait dû être protecteur, mais qui était apparemment insuffisant. Ils étaient tous là comme un ornement supplémentaire dans ce paysage rendu sinistre à cause du temps. Mais pas seulement ! Ces parapluies n'avaient pas une grande utilité. Tout le monde espérait, depuis des semaines, que la pluie remonterait au ciel. Mais chaque matin, lorsque les volets avaient éclos, c'était toujours pareil.

Seul le bruit des bottes s'enfonçant dans la boue accompagnait celui de l'averse cinglante qui frappait les toiles sombres de ces parapluies noirs. En dehors de cela, le silence s'était installé grâce à toutes les lèvres scellées. Car personne n'osait ouvrir la bouche et rompre ainsi le mutisme de tout un chacun. Cependant, on voyait, dans de nombreux regards, que beaucoup ne possédaient pas le désir d'être là. Et dans d'autres, mais rares, les yeux semblaient éteints comme ceux des statuts, lourds de peine, chargés de tristesse. Alors, pour les autres, il fallait penser à se taire.

Lorsque des têtes se tournaient pour lorgner le village au loin avec regret, la vision n'offrait qu'un brouillard épais. Il dissimulait les maisons abandonnées au profit de cette cérémonie funèbre où tous les habitants avaient été conviés expressément par le maire et sa femme qui marchaient en tête du cortège. Têtes baissées, résignées, tous suivaient le couple autoritaire sans se défaire de l'impression d'assister à une sinistre farce. Ils ne voyaient pas bien la raison de leur présence, les possibles conséquences de leur éventuelle absence. En tout cas, peu d'entre eux ressentaient le souhait d'être là.

La vieille se traînait derrière, car elle marchait lentement, péniblement. Elle fermait la marche, bougonne, marmonnant des bribes de phrases entendues d'elle seule, quelques mots crachés et restés accrochés aux quelques poils qu'elle avait au menton. Dans la ville, on l'appelait la « barbue ». Mais elle restait sourde à ces moqueries puériles. Tout ce que la vieille voulait à cet instant, c'était retourner chez elle. Elle regrettait d'être là, car chaque minute ici l'empêchait d'être chez elle à tuer le temps en écoutant pousser ses fleurs. Elle en avait peu en ce moment, la saison ne s'y prêtait guère. Juste quelques pivoines, de rares hortensias, un peu d'asters et deux ou trois rosiers qui allaient poursuivre leur floraison jusqu'aux premières gelées. Des fleurs qui seraient là jusqu'à ce que son jardin soit recouvert de givre et de neige, un joli manteau blanc qui perdurera jusqu'au dégel, jusqu'à l'arrivée du printemps.

L'esprit de la vieille divaguait et voguait aussi loin que possible du cortège dont elle faisait pourtant partie, bien malgré elle. Il traversait les saisons, les images s'affichaient, rien que pour elle, un diaporama tout en couleurs, tout en fleurs.

La pluie tombait, dégoulinait, enveloppait la vieille, mais pas seulement elle. Les parapluies noirs ne l'empêchaient pas d'avaler avec engouement chaque personne présente, comme un ogre insatiable à l'estomac en perpétuelle recherche d'engouffrement. Une mâchoire énorme, faite d'eau, les gobait tous et s'abreuvait des pensées sans aucun rapport avec ce qu'ils vivaient là. Des désirs non dits, des envies de fuites impossibles à accomplir vers quelque chose qui les concernait, vers un ailleurs.

Le solitaire du village, l'homme dont l'unique ambition depuis quelques mois était de jouer les ermites dans sa belle maison, marchait tête baissée, reclus sur lui-même, retiré du monde même entouré de monde. Son corps voûté n'aurait pas dû l'être. Car il n'avait pas l'âge de la courbure de son être. La vieille passe encore. Mais lui venait d'avoir trente-cinq ans. Trente-cinq bougies qu'il n'avait pas soufflées. Trente-cinq années qui n'avaient pas toujours été comme celle qui venait de s'écouler, comme celle qui s'apprêtait à commencer. Ce fut un anniversaire en tête à tête avec une bouteille de vin, une mauvaise piquette qu'il ne prenait même pas la peine de verser dans un verre, un sirop médiocre bu à même le goulot. Depuis le drame de sa vie, il s'enfermait à double tour, cachait la clé pour ne pas être tentée de mettre fin à sa solitude, pour ne pas connaître l'envie d'ouvrir de nouveau sa porte, pour ne pas redécouvrir la délicieuse sensation d'embraser son cœur. Il avait pourtant des visites. Mais chacune restait un supplice tout en étant un plaisir. Le plaisir de voir partir son visiteur.

L'homme seul était en colère. Une colère sourde qui s'amplifiait à chaque pas, à chaque empreinte laissée dans la boue. Une colère dirigée ce jour-là à l'encontre du maire et de sa femme. Ils n'avaient pas fait l'effort de venir aux obsèques de sa tendre femme lors de cette froide journée d'hiver, la plus froide de toute son existence. Ils n'avaient pas été là lors de ce moment terrible et ils le forçaient maintenant à assister et à subir cet enterrement grotesque.

La pluie s'intensifia alors que la longue marche entre le village et le cimetière commençait à peine. Le pont franchi se trouvait plus proche des maisons des vivants que des tombes des trépassés. Les bottes profondément ancrées dans la mélasse et le vent formant comme un rempart quasi infranchissable n'arrangeaient pas les mouvements déjà réticents, déjà traînants.

Après la vieille, ceux qui semblaient les plus indolents, les plus nonchalants, ceux qui paraissaient piétiner dans leur propre lenteur, c'étaient les cinq adolescents du village. Les cinq inséparables. Une fille et quatre garçons. La même allure rebelle, des traits semblables à de mauvaises faces gravées dans leur peau pour faire plus insoumis, plus révoltés. Une dégaine similaire à tout ce qui pouvait faire passer le message que leur état de bande était telle une meute de loups. Les cinq portaient des blousons de cuir identiques pour paraître plus durs et plus mûrs alors qu'ils se baladaient encore avec leur âme d'enfant. Chaque matin, ils glissaient leurs corps dans des jeans usés à force d'être portés. Tout le monde le savait, mais eux se persuadaient du contraire. Ils avaient les mêmes cheveux longs, fille et garçons, avec la mèche sur le côté droit, voilant l'œil, caressant sans cesse la joue, aujourd'hui alourdis par le poids de l'eau qui s'abattait sur eux.

Les quintuplés, comme les appelaient les gens du coin, marchaient uniformément, silencieusement, ne se parlaient pas, ne se regardaient pas. Mais ils entendaient dans leurs têtes les mêmes bruits qui les hantaient tous de la même façon. Le capharnaüm du baby-foot, les pétarades du flipper, la musique du juke-box. Ils n'avaient qu'une hâte, c'était la fin de cette mascarade pour rejoindre leur lieu de prédilection. Le Café des Sports sur la place du marché.

Les cinq avançaient cependant, leurs jambes balançaient vers l'avant, comme les joueurs du baby-foot qu'ils avaient délaissés. Ils envoyaient droit devant eux des mottes de terre boueuses qui éclataient sur les bottes et les bas de pantalons de ceux qui les précédaient. Les victimes de ces lancés bourbeuses ne remarquaient rien ou se montraient tolérantes au vu de la circonstance qui les avait tous menés ici.

Les cinq entendaient tous les boules du flipper qui venaient taper contre les parois de leurs crânes, qui rebondissaient à grand bruit à l'intérieur de leurs têtes, faisant jaillir des scores imaginaires, des records hallucinants. D'autres trouveraient ces sons assourdissants, mais ces adolescents boutonneux n'y percevaient qu'une douce mélodie.

Et dans le silence environnant, que seule la pluie troublait, les airs de rock, que diffusait à longueur de journée le vieux juke-box, chantaient en eux. La musique les aidait à supporter cette marche funèbre et pourtant burlesque à souhait.

Les cinq formaient un groupe dans le groupe. Ils se fondaient dans la masse, dans cet amas de personnes, toutes aussi envieuses les unes que les autres d'être autre part, partout ailleurs, mais surtout pas sous cette pluie, pas dans cette boue.

Un groupe d'une trentaine de gens qui se côtoyaient au quotidien, qui se croisaient ou s'évitaient. Une trentaine de visages qui prenaient un air obséquieux, qui se fardaient la face de masques complaisants, d'une certaine obligeance, d'une grande affliction forcée. Ils n'avaient pas des expressions à la Munch, mais il n'y avait qu'un pas pour cela. Ils se forçaient tous à être tristes, même ceux que la tristesse habitait déjà pour d'autres raisons. Ils affichaient un regard, une attitude opposée aux sentiments qui les bouleversaient.

Certains auraient voulu accélérer le pas, presque courir, augmenter leur allure pour que s'achève au plus vite cette cérémonie qu'ils trouvaient vomitive.

Quelques-uns, pourtant, arrivaient à transmettre à son voisin, par des gestes furtifs, presque invisibles, leurs souhaits de s'occuper autrement, leurs promesses des heures à venir, d'instants futurs qu'ils partageraient à faire autre chose.

Richard et Suzanne étaient parmi ceux-là. Richard et Suzanne s'effleuraient, se frôlaient, s'affriolaient. Une caresse légère, un éclair furtif dans le regard, un dégagement des sens que l'autre pouvait sentir. Richard et Suzanne étaient là, s'étaient extirpés de leurs draps sentant la sueur, fleurant comme un mélange de parfum de fleurs et de sperme, dégageant les effluves des heures passées à s'aimer, à se mélanger, à s'imbriquer. Et Suzanne avait encore en tête le sexe de Richard, son goût dans sa bouche, son gonflement forçant ses lèvres humides et avides. Ils n'avaient que cette envie, ces deux-là, que cette fringale. Ils étaient partisans des parties de jambes en l'air, adeptes du coït, fidèles à la fornication.

Mais Richard et Suzanne prenaient leur mal en patience, quel que soit le temps que cela allait prendre. Car l'aboutissement en valait la peine. Ces deux-là avaient décidé d'être heureux, et rien, pas même cette obligation funeste, ne les empêcherait de profiter comme il se doit de leurs retrouvailles.

Le pont était loin maintenant. En se retournant, même en plissant des yeux, même à travers les gouttes qui perlaient aux cils, il n'avait plus qu'un aspect fantôme, qu'une vague forme un peu plus sombre dans le paysage tellement gris. Ils avaient traversé le pont sous la pluie, le pont n'était plus, mais la pluie les suivait, les pourchassait. Ils approchaient maintenant de la rivière, un lit d'eau orné de roches et de racines. Un long ruban parfois bleu, quelquefois vert, aujourd'hui noir. Des flots de temps en temps dormants, une eau actuellement vive qui gonflait, s'abreuvait, se remplissait davantage du débordement des nuages, des cieux se déversant.

Karen laissait son regard se perdre dans l'agitation du cours d'eau. Elle laissait son esprit s'évader vers une étendue encore plus dense, encore plus agitée. L'océan lui manquait. Le grand bleu l'avait attendu, mais cette fois Karen n'était pas venue. Elle prenait sur elle, en sentant son corps s'envelopper de plus en plus du ruissellement des sombres nuages, pour s'imaginer baignant dans la vaste plaine liquide. Karen ne voulait qu'une chose, un faux-fuyant à sa morne existence dans ce tout petit village qu'elle ne supportait plus. Une fuite qu'elle s'accordait chaque week-end, une évasion à laquelle elle ne dérogeait presque jamais. Par beau ou mauvais temps, elle y allait. Mais pour l'heure, elle s'était retrouvée coincée ici à cause de cet imbécile de maire. Elle ne pourrait donc pas voir la mer, elle ne sentirait pas les embruns sur son visage, balayer ses cheveux, chatouiller son nez, faire venir quelques larmes au bord de ses yeux, quelques perles de bonheur. Le sel ne viendrait pas se coller sur sa peau, ni le sable lorsque son corps se posait amoureusement sur sa surface granuleuse que beaucoup ne supportaient pas, mais qui, au fond d'elle, la faisait se sentir libre. Elle ne pourrait pas fermer son regard au ciel généreux et avoir l'impression de s'envoler, de se dissimuler aux autres.

Karen sentait la colère et la rancœur l'envahir dès que son esprit revenait sur ce sentier boueux, au milieu de cette journée gâchée par cette cavalcade qu'elle n'avait pas voulue. Et elle éprouvait aussi la tension dans le groupe. D'habitude, elle ne se sentait pas proche de ses voisins, mais aujourd'hui elle fleurait comme une odeur de solidarité, comme des effluves de pensées communes.

Tous cherchaient, comme ils pouvaient, un moyen d'envoyer leur âme ailleurs, une ruse personnelle pour supporter les lentes secondes, les minutes s'éternisant, les heures qui n'en finissait pas.

Tous acceptaient de mauvais cœur cette pluie continuelle, cette pluie qui ne cessait de tomber dru, cette pluie insatiable dans sa volonté de se mêler à la terre rendue depuis longtemps marécageuse.

Tous restaient insensibles, sourds au bruit des environs, à la présence alentour.

Tous tentaient de faire barrière pour éviter que les autres individus ne puissent scruter leur esprit, ne puissent deviner leurs voyages intérieurs, leurs divertissants fantasmes.

Car personne n'était vraiment là. Chacun trouvait son chemin d'évasion, le moyen de subir moins.

Personne ici ne voulait être embêté. Tout ce qu'ils voulaient, c'était rentrer chez eux, retrouver le feu brûlant dans l'âtre, sentir le chocolat chaud et la tarte aux pommes sortant du four, percevoir les pages d'un livre tourner entre leurs doigts, se gaver d'images sortant de leur écran plasma, s'enrouler dans draps accueillants, aller voir un autre paysage, profiter pleinement de leur jeunesse.

Au-devant d'eux, seul le maire, sa femme et leur fils semblaient réellement prendre part à cette journée particulière.

Le maire marchait en tête, déterminé, les mains derrière le dos, les poings serrés, comme prêt à frapper celui ou celle qui chercherait à se défiler. Il avait imposé sa volonté, il se sentait le maître. L'eau glissait sur les verres de ses lunettes. Même si cela l'empêchait de discerner où ses pas le menaient, il n'en avait que faire. Il connaissait par cœur le chemin pour l'avoir parcouru à de multiples reprises pendant la semaine. Il avait tout préparé, tout organisé. Le cercueil les attendait, prêt à descendre vers les profondeurs de la terre, prêt à être recouvert pour une éternité certaine.

La femme du maire trottinait à ses côtés, ses courtes enjambées rendues plus diminuées encore par le sol incertain, par le flou sous ses pieds. Elle trébuchait de temps à autre, manquant de tomber, de se ridiculiser. Mais à chaque écart de marche, elle se retenait au bras ferme et volontaire de son époux. Un bras telle une branche solide et noueuse qui ne ploierait pas, même frappée par la tempête. De temps à autre, elle tournait la tête vers son grand fils qui claudiquait un mètre derrière eux. Elle le regardait de temps en temps seulement, car à sa vue le chagrin surgissait. Elle ressentait une immense peine qu'elle ne pouvait pas éviter, qu'elle n'arrivait plus à stopper.

Le fils, légèrement bancal, boitait derrière ses parents. Son unique jambe était aidée par des béquilles qui ne le quittaient plus depuis peu. Personne ne voyait son visage. Car ils étaient tous à la traîne. Ils contemplaient juste un dos voûté, juste une ombre estropiée à travers le rideau de pluie, derrière le voile fait de milliers de gouttelettes. On devinait cependant un moignon se balançant au rythme de son pas, se dandinant sous son large manteau.

Lors de ce samedi pluvieux, personne ne savait à quoi s'attendre. C'était bien ce qui les mettait tous dans cette sourde colère qu'ils taisaient malgré eux, ne voulant pas s'octroyer les foudres du maire.

Par ce samedi pisseux, ils quittèrent leur village, ils traversèrent le pont.

Ils parcoururent la campagne pour pénétrer dans le vieux cimetière, pour se présenter devant une tombe encore béante. C'était un vaste trou qui serait bientôt comblé par le luxueux cercueil posé tout près, un beau sarcophage maintenant souillé par les éclaboussures du temps déplorable.

Chacun regardait cette boite anonyme et tous les regards, qui ne s'étaient pas croisés pendant cette interminable marche, se cherchaient à présent. Chacun tentait de deviner si quelqu'un ici savait ce qui se tramait. Mais, chaque personne présente voyait chez son voisin la même ignorance, la même consternation.

Ils suivaient donc le mouvement, jusqu'au bout, car la curiosité l'emportait, parce que chaque esprit était quand même impatient de savoir, comme piqué.

Aucune parole ne fut prononcée. Pas de discours, pas de phrase dite en hommage. Juste des larmes et des reniflements plaintifs traduisant un réel désespoir chez les trois membres de la famille notable. Juste un cercueil qui descendait lentement dans la fosse qui lui était destinée, qui se trouvait peu à peu recouvert d'une terre sombre et compacte. Juste une plaque commémorative, déposée au dernier moment, où l'inscription surprenante laissa sans voix chaque personne présente. Quelques mots gravés à jamais que tout le monde fixait avec incrédulité en se disant qu'ils avaient sacrifié de chers moments pour si peu. Les lettres d'or s'assemblaient pour jeter aux yeux de tous :

Ici gît la regrettée jambe de notre bien-aimé fils,
Édouard

Alors, chacun afficha la mine de mise, faisant croire à ce jeune homme mutilé qu'ils étaient touchés par son drame. Ils le laissèrent rêver qu'il avait perdu l'essentiel, qu'il en avait fini avec le poids de son corps, car il se sentait déjà qu'une moitié d'homme.

8ᵉᴹᴱ TOUR D'IVOIRE

BELLE POUR LUI

Inès est énervée.

Elle n'est ni contrariée, ni excédée, ni horripilée, ni déprimée. Elle se sent énervée dans le joli sens du mot. Elle est excitée, transportée, enthousiaste, troublée, émue. Elle ne tient plus en place.

Cela fait longtemps qu'elle ne s'est pas sentie aussi vivante.

Inès se regarde dans le miroir de la salle de bain. C'est une pièce un peu sombre, sans fenêtre. La lumière, émise par l'ampoule enveloppée dans son applique vintage, ne lui fait pas honneur. Mais l'éclairage n'est pas seul coupable. Elle s'est laissé aller dans la disgrâce, petit à petit, au début lucide de sa déchéance, par la suite inconsciente de son érosion. Elle ne prend vraiment plus soin de sa personne ces derniers temps. En quelques mois seulement, les marques de l'âge se sont imprimées sur son visage. Un âge qu'Inès n'a pourtant pas encore atteint. Elle se souvient d'avant. Un avant où Aimé était là, où son mari n'était pas encore parti. Un avant où elle se trouvait belle, où le bonheur ressenti se reflétait dans chacun de ses traits.

Elle se revoit enlever, au fur et à mesure, chaque cheveu blanc faisant une apparition sournoise. Elle faisait alors en sorte, et avec plaisir, de se faire belle pour l'homme qu'elle aimait, à paraître la plus désirable à ses yeux.

Aujourd'hui, elle a les cheveux ternes. Sa crinière d'antan n'est plus. Ses cheveux sont plats. Ils semblent même assez gras. Ils se désespèrent de soins qui leur redonneraient vie. Le gris est plus présent, plus prononcé. Il n'est ni argenté ni cendré. C'est un gris qui ne donne pas envie. Il est morose, comme poussiéreux.

Ses yeux ne brillent plus guère. Le bleu de l'iris, autrefois pétillant, plein de vie, a pris une teinte délavée à force de larmes, des flots finissant par sillonner son visage fatigué. Des yeux qui reflètent la tristesse de son âme, le chagrin présent dans son cœur, l'absence d'ardeur ressentie par tout son être.

Inès scrute son reflet dans la glace. Elle y voit des rides, quasiment absentes auparavant. Elles sont maintenant en premières lignes. Elles sont plus nombreuses, plus profondes, moins élégantes que les petites stries qui, autrefois, bordaient seulement son regard. Ces petites rides joyeuses que son amour aimait tant toucher du bout des doigts, qu'il adorait caresser, qu'il savourait avec des baisers.

Inès s'examine. De près, de loin, de profil. Elle n'apprécie pas ce qu'elle voit. Elle a tellement changé ces derniers mois. Les stigmates du temps ont accéléré le pas. Elle se reconnait à peine. Elle a évité les miroirs, fuyant son reflet pour ne pas voir les ravages causés par le chagrin, la tristesse, le lourd accablement qui se sont emparés d'elle à la minute où Aimé a disparu.

Aimé est parti.

Inès ne s'y attendait pas. Ce fut soudain, comme un tour de magie. Il était là et quelques instants avaient suffi pour qu'il s'évapore, se désintègre. Un petit tour et puis s'en va.

Ce matin-là, il l'a embrassé en sortant du lit. Un baiser qu'il lui offrait dès lors qu'il posait le pied par terre. Un baiser qu'elle aimait recevoir, qu'elle s'appropriait avec un soupir de bien-être. Un baiser qui lui manque chaque jour depuis. Un baiser d'habitude qui a perdu l'habitude d'être là.

Inès aimait l'entendre évoluer pendant qu'elle se trouvait encore dans un demi-sommeil, dans la confortable obscurité de leur chambre. Elle pouvait deviner chacun de ses gestes alors qu'il se trouvait de l'autre côté de la cloison, au-delà de la porte qui barrait la route à son regard.

Mais son cœur le voyait. Son âme s'évadait et accompagnait Aimé dans chacun de ses mouvements. Elle ne le quittait jamais. Elle était toujours avec lui. Elle se sentait éternellement envahie par lui.

Peu de temps après, elle avait entendu la porte d'entrée se fermer.

Aimé est parti. Elle le sait, mais elle n'arrive pas à sentir son absence. Elle n'éprouve que sa présence.

Chaque matin, elle aspire toujours à recevoir ce baiser qu'elle éprouvait sur sa peau, sur sa bouche. La douceur des lèvres d'Aimé lui manque. Aujourd'hui, elle ferme les yeux et c'est un baiser papillon qui la survole, qui l'effleure. Un baiser qu'elle recueille comme elle cueillerait une fleur fragile. Un baiser-rêve.

Chaque matin, elle tend l'oreille. Elle s'arrête même de respirer afin que son souffle ne vienne pas gêner ce qu'elle cherche à entendre, les bruits qu'elle espère percevoir. Elle les désire tellement qu'elle finit par les distinguer, vaguement, confusément, doucement, amoureusement. Son esprit les matérialise.

Alors, elle imagine son Aimé tout près d'elle. Elle le dessine dans son quotidien, elle fige son image dans chaque coin et recoin de l'appartement. Elle veut le voir partout. Elle le crée comme il était avant de partir, car elle refuse ce qu'il est aujourd'hui. Un fantôme qui hante ses jours et ses nuits. Elle voit seulement son regard, tour à tour rieur, enjôleur, séducteur. Son sourire communicatif. Sa moue charmante lorsqu'il réfléchissait. Ses mains toujours en mouvement, dessinant sans cesse des arabesques invisibles, dansant souvent la farandole.

Malheureusement, sa présence, créée de toute pièce, n'est pas assez forte. Elle est trop spectrale. C'est ainsi qu'Inès se désole, s'isole, se lasse d'être belle, belle pour lui. Et le temps passe ainsi. Il a défilé à vive allure. Elle l'a chevauché. Et sa vie a galopé aussi rapidement que lui.

C'est le constat qu'Inès fait en se regardant dans ce satané miroir. Un bilan assez négatif, plutôt déprimant, mais qui n'arrive même pas à la démoraliser. Pas aujourd'hui.

Aujourd'hui est un jour particulier. Une journée qui sera en mouvement, pleine de vivacité, pleine d'entrain. Une journée excitante pour une soirée exceptionnelle. Elle doit d'ailleurs se hâter. Elle a tellement à faire avant que le soleil se couche. Il faut qu'elle soit prête. Il faut qu'elle soit parfaite. La soirée doit être irréprochable.

Ce matin, Inès prend un soin particulier à prolonger sa douche. Elle réapprend son corps en s'enduisant d'un gel douche agréablement parfumé qu'elle fait écumer durablement. Elle prend le temps d'utiliser son rasoir qu'elle avait laissé seul dans un coin. Elle veut ses jambes douces, un maillot parfait, des aisselles dégagées. Elle lave ses cheveux. Inès se prépare minutieusement, presque religieusement. Elle se met en condition pour sortir comme elle ne l'a pas fait depuis longtemps. Habituellement, elle le fait sans réfléchir, à la hâte, avec des gestes automatiques, des gestes négligents, sans aucune conscience, sans aucune élégance.

Inès est dehors. Elle reste quelques instants sur le trottoir. Son regard scrute les alentours, englobe le paysage. Ses yeux vont à droite, puis à gauche. Elle ne sait plus quelle direction prendre pour rejoindre le salon de coiffure. Cela fait une éternité qu'elle n'y est pas allée. Et ces quelques instants, figés devant sa porte d'entrée, lui permettent de se souvenir où elle doit se rendre.

Ses pas la dirigent, ses pas la portent. Ils lui font franchir la porte du sanctuaire de sa transformation, la porte qui la verra ressortir métamorphosée, mais identique à ce qu'elle était au temps d'Aimé.

Ses cheveux ont désormais retrouvé leur couleur d'antan, leur vigueur perdue. Ils ont subi quelques coups de ciseaux, quelques coups en leur faveur, quelques coups libérateurs. Des mains expertes les ont massés, les ont façonnés, les ont rassemblés en un très beau chignon. Quelques mèches s'évadent ici et là, des mèches joliment placées.

Inès ne sait laquelle choisir. Elles sont toutes les deux magnifiques et ont comme un côté féérique. La vendeuse du magasin de vêtements qu'elle a choisi attend patiemment, un sourire immobile sur ses lèvres. Elle lui suggère néanmoins un essayage, la décision sera plus facile, le dilemme aura peut-être disparu.

Inès l'écoute, la suit, disparaît derrière le rideau de la cabine d'essayage.

L'une est noire, moulant ses jolies formes qui ne se sont pas égarées avec le temps. Elle a un charmant décolleté. Elle a de fines bretelles brodées. Tout en simplicité. Tout en élégance. Son aspect satiné frôle ses cuisses, caresse ses genoux.

L'autre est bleue, un bleu couleur nuit, une belle nuit qui pourrait être étoilée. Légèrement ample. Des franges balayant ses jambes, les caressant agréablement, les mettant en valeur. Le tissu souple plonge vers le bas de son dos, découvrant sa peau sans aller jusqu'à la chute des reins.

Inès sort de la boutique avec la robe bleue, celle qui se marie si bien avec ses yeux. Elle se sent excitée par son nouvel achat. Elle a hâte de porter cette si jolie robe, d'évoluer avec elle tout au long de la soirée.

Elle doit encore s'arrêter chez le traiteur au coin de sa rue, faire un saut également chez le caviste sur le trottoir d'en face.

Mais avant cela, elle s'engouffre dans le premier magasin de cosmétique qu'elle croise afin de renouveler son maquillage croupissant depuis une éternité au fond d'un tiroir. Elle s'empare de tout ce qu'elle trouve à son goût. Mascara, crayon, fond de teint, fard, rouge à lèvres, vernis. Inès a décidé d'être belle jusqu'au bout des ongles.

Chez le traiteur, Inès choisit des plats au hasard. Elle prend ce qu'elle trouve appétissant, ce qui réveille ses papilles. Elle ne sait pas de quoi ils sont faits, cela lui est égal. Tout ce qu'elle veut, c'est une jolie table, une table qui donne envie, une table largement garnie.

Pour le vin, elle procède de la même manière. Des bouteilles à l'allure gracieuse, des nectars aux couleurs divines. Inès s'incline aussi vers des prix qui lui paraissent un gage de qualité. Elle n'oublie pas le champagne pour fêter le retour d'Aimé.

En femme sûre d'elle. Inès retourne chez elle. Elle se tient droite. Elle est fière de cette journée qui commence, qui se terminera par une soirée de rêve. Elle est chargée des sacs contenant son bonheur d'un soir. Des sacs qu'elle trouve légers à porter

Inès se prépare. Elle papillonne ici et là dans l'appartement, sans arriver à se poser un instant. Elle ne sait pas trop par où commencer.

Elle enfile sa nouvelle robe, mais la retire aussitôt. Elle décide de prendre un long bain. Elle s'immerge dans une eau bien chaude, une eau aux senteurs enivrantes. Elle prend garde de laisser la tête bien au-dessus de l'onctueuse mousse qui l'enrobe. Elle ne veut surtout pas gâcher sa coiffure. Elle n'y reste pas longtemps, mais elle a l'impression d'y être demeurée des heures car elle se sent détendue. Sa peau, encore fumante des vapeurs du bain, dégage un parfum doux et subtil.

Inès s'habille, se maquille, se pare de ses plus beaux bijoux, chausse des escarpins à talons hauts qu'elle n'a pas mis depuis des années. Elle se mire dans la psyché qui trône dans sa chambre, satisfaite, heureuse de la transformation opérée depuis ce matin. Elle a du mal à détacher son regard de la silhouette apparue comme par enchantement dans ce grand miroir. Elle avait oublié à quel point elle pouvait se faire belle pour lui. Il ne pourra que l'admirer et regretter son départ. Elle n'a jamais compris pourquoi il était parti si vite.

Elle investit le salon, met une musique douce, apaisante, une musique pour la calmer tellement elle est agitée. Elle évolue autour de la table qu'elle décide de dresser même si Inès sait qu'elle a encore du temps. Elle a l'impression de danser, de voler. Elle la recouvre de la nappe aux couleurs du printemps, celle qu'il aimait tant. Il va adorer. Les assiettes en porcelaine et les verres en cristal s'y posent élégamment. Les bougies sont disposées joliment afin de réussir l'effet romantique qu'elle désire. La bouteille de champagne baigne dans son lit de glace et attend d'être bue délicatement.

Inès a terminé. Elle regarde la table, elle rentre dans l'ambiance. Elle se met à faire quelques entrechats, heureuse de ce qu'elle vient d'accomplir. Elle voit l'heure sur l'horloge posée sur la commode. Une heure qui lui dit qu'elle peut se reposer avant l'arrivée de son bien-aimé.

La musique s'est arrêtée et seul le tic-tac de la pendule brise le calme installé depuis que tout est mis en œuvre pour la soirée. Inès a pris place sur une des chaises de la table dressée avec goût. Elle la fixe sans ciller. Elle n'a pas bougé depuis plusieurs minutes. Des minutes qui défilent sans vouloir s'arrêter. Le temps s'écoule et tout chez Inès est suspendu. Le silence n'a jamais été aussi profond dans son esprit et dans son cœur. Plus rien ne se passe, plus rien n'y entre. C'est un désert ou chaque sentiment n'a plus le moindre espace où se loger.

Inès attend. Mais la sècheresse de ses émotions cesse soudainement. Le vide en elle se remplit comme la nuit qui est dorénavant complètement installée. Elle se sent dévorée de toutes parts. Tout son être s'affaisse. La tristesse et la douleur la submergent. Cette affligeante effervescence se produit au moment même où son regard se pose sur le portrait d'Aimé siégeant au-dessus de la cheminée. Son image emprisonnée dans ce cadre la fait s'effondrer. Il est si jeune, si beau, face à elle. Il la regarde avec toujours autant d'amour. Un amour qu'elle devine dans ses yeux.

Les larmes commencent à couler. Elles pleuvent sur le visage d'Inès sans pouvoir s'arrêter. C'est une avalanche, une ondée torrentielle. Le noir autour de ses yeux et le rouge posé sur ses lèvres s'épanchent et peignent une toile abstraite. Inès ressemble désormais à un clown triste. Si triste. Son regard s'avachit. Sa bouche se ploie.

Elle tient sa tête entre ses mains pour tenter de faire sortir la fureur qui l'assaille. Elle est tellement en colère contre Aimé. Elle lui en veut terriblement. Ses doigts sont comme des griffes agrippant ses cheveux. Son joli chignon ne ressemble plus à rien. Des mèches s'échappent dans tous les sens. Inès ressemble maintenant à une folle. Une folle au bord de la dérive, à l'orée de la démence.

Elle n'arrive pas à se détourner d'Aimé. Il restera éternellement ainsi, son beau visage figé sur du papier glacé. Un visage jeune sur un papier qui commence à jaunir avec le temps. Tandis qu'Inès devient vieille. Les années passent et les rides s'installent.

L'aube se profile et Inès n'a pas bougé. Elle continue à regarder son amour perdu. Son Aimé qui restera jeune à jamais. Face à elle ce soir, il est le même que le jour de sa mort. Il y a tant d'années qu'il n'est plus.

Elle a tellement espéré un miracle ce soir. Une grâce qui lui serait offerte si elle se faisait belle pour lui.

Elle se lève enfin et couche le cadre sur le marbre froid de la cheminée. Elle ne veut pas qu'il la voie ainsi. Vieille, fatiguée, désespérée.

9ᵉᵐᴇ TOUR D'IVOIRE

LA COULEUR D'ICI

La solitude du rouge est bien grande. Seule à l'horizon, la couleur se détache dans de nombreuses variances.

Le monde dans lequel je vis se trouve épuré de toutes autres couleurs que le rouge. Des rouges fadasses, si pâles que leur perceptibilité en est à peine visible, à l'aube de leur rosissement, au commencement de leur rougissement. Des rouges à l'élégance rare. Des rouges sans prestance et ayant perdus leur âme. Des rouges quelque peu ocre ou rouille, parfois si rubigineux qu'ils ont l'air moribonds, comme vomissant toute leur oxydation débordante et sans aucune retenue. Des rouges à perte de vue qui, par moment, me donnent la nausée. Mais la plupart du temps, je fais en sorte de ne pas me rendre compte que je vis dans un monde rougeoyant.

Je me réveille dans ma chambre nichée sous les toits. Les mêmes toits qui couvrent chaque maison, chaque immeuble de la ville. Des toits de tuiles rouges visibles à perte de vue.

J'ouvre les yeux et je me prends en pleine face ce rouge qui s'impose chez moi. Les doubles rideaux qui empêchent la lumière de filtrer. Le crépi sur les murs qui cache toutes les irrégularités. Les tableaux, accrochés sans aucune harmonie, tentent d'égayer la pièce, mais n'y arrive pas. Le lustre en tissus de mauvais goût qui surplombe le lit. Cette teinte, parfois différente, mais restant toujours la même, règne partout. Elle gouverne dans cet espace qui est le mien, ce lieu où je pourrais me réfugier pour échapper à l'ambiance qui administre le monde extérieur. Que ce soit ici ou dehors, il m'arrive d'en avoir mal au cœur. Et quand ce mal m'assaille, j'ai envie de fuir pour aller me gaver d'autres couleurs. Des couleurs qui ne sont que chimères.

Je repousse le drap d'un rouge sanglant, presque noir. Il m'arrive certains matins de refermer les yeux, de ne pas vouloir voir. Car, mon regard à peine ouvert, je ne supporte pas ce que je vois. Je n'en peux déjà plus dès lors que j'émerge hors du sommeil. Ce rouge m'agresse. Il m'attaque et une seule pensée traverse mon esprit. Je vais devoir le supporter tout au long de la journée.

Il y a des nuits où je rêve. Je rêve de bleu, de jaune, de vert, et de bien d'autres couleurs. Je ne sais pas si je les imagine bien lorsque je suis perché là-haut dans les nuages. Je ne les connais pas. Je ne les ai jamais vues. Je rêve de couleurs qui ont un jour existé, mais qui ne sont plus, qui ne font pas partie de mon paysage. Des couleurs qui ont vécu lorsque je n'étais pas encore né. Dans mon esprit, je les crée, je les modèle à mon goût, comme j'aimerais qu'elles soient. Et ce sont toujours de jolies teintes, de jolis songes.

Mais les rêves sont éphémères. Je dois les oublier jusqu'aux prochains. Toutes ces images, toute cette vie joliment colorée qui prend forme lorsque je ferme les paupières, ces merveilleux rideaux qui me permettent d'occulter la réalité qui m'entoure, n'existent pas.

La réalité est bien là et ne s'effacera pas d'un coup de baguette magique ni à coups de rêves. Ma vie est ainsi, comme celle de tous les habitants de cette ville. Une ville à laquelle nous ne pouvons pas échapper. Une ville que nous ne pouvons pas fuir. Elle nous oppresse. Elle nous fait peur. Ses dirigeants ne nous laissent aucun répit. Nous ne savons pas qui se cache derrière tout cela, mais leur obsession du rouge est devenue loi. Tout ce qui n'est pas rouge est proscrit. Et notre cité nous empêche de voir ce qu'il y a au-delà de ses frontières.

Des rumeurs courent, viennent jusqu'à moi. À l'orée de la ville, la vision serait différente. On dit que le monde duquel nous sommes séparés serait fardé de mille et une couleurs, que ce bariolage nous en mettrait plein la vue, nous donnerait le tournis, nous donnerait envie de danser.

J'écoute tout ce qui se dit, je m'en abreuve. Cela donne de la matière à mes rêves. J'essaie de me projeter au milieu de paysages aux tons multicolores, aux nombreuses nuances. Un panaché incroyable éclate alors dans ma tête. Je me demande souvent si cela reflète ce qui s'y trouve réellement. Mais ma soif de découvrir l'ailleurs laisse mon esprit vagabonder et visiter cet autre horizon.

J'imagine des avenues élégantes où mes pas fouleraient un sol qui n'est pas rouge. Je me figure de jolies maisons bordant ces rues, de belles demeures que j'aurais plaisir à regarder. Je visualise des gens heureux où toutes les teintes qui les entourent se refléteraient dans leurs yeux lumineux. Je devine tant de choses que je ne connais pas ici, tant de différences. C'est si beau, tellement à l'opposé de tout ce qui fait ma vie ici. Je me vois déjà là-bas. Je ne peux pas concevoir de ne pas y aller un jour. Cet espoir d'une existence loin de mon environnement me permet de tenir, de ne plus me lever chaque matin avec l'envie de mourir pour ne plus subir cette dictature du rouge. Mon passé et mon présent sont ainsi, rythmés par cette politique d'oppression, une politique agressive et violente imposée à travers cette couleur que je vois de plus en plus barbare. Mais je désire au plus profond de moi un avenir autrement.

Vivre dans la solitude du rouge qui m'entoure n'est pas simple. Je me sens aussi seul que cette couleur doit l'être. Elle est partout et n'a aucune compagnie. Seuls les êtres peuplant cette ville l'accompagnent, lui obéissent, la caressent dans le sens du poil, la vénèrent par obligation, la détestent, l'exècrent.

Je suis seul et je souhaite le rester. Je ne veux pas compromettre mes pensées de liberté, mon désir d'évasion. Je ne me lie pas.

Lorsque je suis à l'usine, j'effectue mes tâches à la chaîne, tête baissée, faisant en sorte que personne ne s'intéresse à moi. Je me comporte de la même manière avec ceux qui partagent mon quotidien, ceux que je croise dans la rue. Je ne me préoccupe pas d'eux, je ne leur parle pas.

Je vis seul. Je m'assois chaque jour à ma table de cuisine pour y prendre mes repas sans aucune compagnie. Et à la nuit tombée, je rejoins mes rêves en couleurs sans la femme que je n'ai pas rencontrée, que je ne connais pas.

Je suis toujours seul. Comme à cet instant précis où je m'assois à la terrasse d'un café. Je choisis une table assez petite pour n'accueillir que moi. Je me cale sur la chaise en plastique dur, inconfortable, et je commande un jus de fraises. Le mobilier qui trône sur cette sorte d'estrade en bois d'acajou est d'un rouge passé, vieilli, abimé par les intempéries qu'il subit. La devanture du bar n'est pas plus à son avantage. Sa peinture rouge bordeaux s'écaille et je me dis que si le propriétaire des lieux ne fait rien pour la rénover, l'amende sera salée.

Le serveur dépose mon verre devant moi. Il a l'air blasé. Il retourne à l'intérieur sans même me regarder. Je lorgne le liquide épais sans le boire. J'ai lu, il y a longtemps, qu'un fruit appelé orange donne un jus délicieux. Mais je n'en ai jamais bu. Nous ne sommes pas autorisés à ingurgiter boissons ou nourriture qui n'ont pas la couleur rouge.

J'occupe les minutes que je passe ici à observer tout ce qui se trouve autour de moi, tout ce qui circule dans mon champ de vision.

Les façades des bâtiments, leurs fenêtres, leurs portes, les rideaux que j'aperçois derrière des vitres plus ou moins immaculées. Les arbustes aux fleurs rouges ou démunis de corolles lorsque celles-ci n'ont pas la couleur souhaitée. Certains employés municipaux s'occupent, durant la nuit, de les en démunir. Je regarde les passants. Femmes, hommes, vieillards, enfants. Des personnes seules, en couple, en famille. Ils sont tous vêtus de rouge.

J'ai l'impression de voir des figurines identiques, des clones. Comme moi. Comme le serveur qui est venu me servir ce verre que je n'ai pas envie de boire.

C'est une overdose de rouge. Nous sommes tous drogués à cette couleur. Cela va jusqu'au seul animal de compagnie qui est toléré. De ridicules poissons rouges qui tournent en rond dans leurs bocaux. D'absurdes petits vertébrés n'ayant pas plus la faculté de réfléchir que la plupart des humains vivant dans cette maudite ville.

Je sais que nous sommes sans cesse surveillés, que le moindre écart pourrait nous coûter cher. Il n'y a pas de sentinelles aux portes de notre cité rouge. Mais si nous voulons continuer à vivre, il ne vaut mieux pas tenter de les franchir. Nous sentons la menace. Nous nous sentons surveillés.

Mais il y a une chose qu'ils ne peuvent pas contrôler. Ce sont nos rêves. Ce sont nos pensées. Ce sont nos projets d'évasion que nous gardons secrets.

Mes rêves. Ceux qui me font tant vibrer. Je les poursuis lorsque je suis éveillé. Ils rejoignent mes pensées et tissent ainsi une résolution bien ancrée. Je crois que d'autres envisagent également un monde différent. Mais ils n'échangent pas leurs croyances en un futur meilleur, en un possible avenir plus coloré. C'est quelque chose d'intime que nous gardons précieusement au fond de notre être. Comme une loi tacite entre nous, la loi du silence.

C'est en moi depuis longtemps déjà. Les jours, les semaines, les mois, les années passent. J'observe la vie autour de moi, je suis à l'affut de la moindre faille de cette ville que j'espère fuir.

Un jour, je sens que le moment est arrivé. L'instant tant attendu est proche. Je le sais. Ce sera pour ce soir. Le crépuscule assistera à mon échappée.

J'ai réussi. Je suis loin dans le silence de la nuit. Une nuit sans une seule étoile, sans lune, qui me happe, qui m'avale. Je me sens comme englouti par une bouche géante. Le ciel est noir ici. Là-bas, il avait une teinte incertaine, tendant vers le rouge, à cause des diffuseurs d'une fumée colorée, des jets de vapeur qui ne s'arrêtent jamais. Ce n'était pas uniforme et nous n'avons jamais su quelle couleur lui attribuer, quel nom lui donner.

Là où je suis, c'est le désert. Mes yeux ne distinguent pas grand-chose, ne peuvent rien observer avec certitude. Pas de ville, pas de vie. Aucune âme n'erre dans les environs, aucune habitation ne siège à l'horizon. Il fait si sombre que mes pas avancent au hasard, ils me guident vers l'inconnu. Un inconnu qui, j'espère, sera à la hauteur de mes rêves, fidèle aux bruits qui courent et que j'entends depuis toujours.

Je n'ai pas la notion du temps. J'ai l'impression de marcher depuis des heures. Mais le soleil ne se lève toujours pas. La nuit est continuellement là, toujours aussi noire, et je ne rencontre aucun obstacle.

Au début, je chemine avec prudence, ne voyant pas où mes pieds se posent. Mes enjambées restent assez courtes, mon allure assez lente. Mais petit à petit, j'accélère le pas, car la hâte d'une prochaine découverte, quelle qu'elle soit, m'obsède. J'ai la sensation de marcher sur un tapis sans fin, une longue route lisse et confortable, sans creux ni bosses. La voie est à moi, la nuit m'appartient.

Je veux mettre aussi le plus de distance possible entre la ville et moi. J'ai peur qu'elle me rattrape, qu'elle m'emprisonne à nouveau.

Je suis impatient de voir l'aube apparaître, de pouvoir admirer cette clarté naissante, cette lueur blanchâtre. Je suis avide d'assister au mystère qui se révèlera pour moi seul.

Le temps s'écoule ainsi. Il est interminable. J'erre dans les ténèbres qui m'enveloppent, je suis lasse de ce tunnel sans fin. Je finis par m'arrêter, fatigué, épuisé. Je m'allonge sur le sol plat, imberbe. Mes paupières se ferment d'elles-mêmes et je m'endors sans m'en rendre compte. Je m'enfonce dans un sommeil sans rêves, un sommeil aussi noir que la nuit.

Je n'ouvre pas les yeux. À travers mes paupières closes, je vois rouge. Je ne suis pas effrayé. C'est la lumière à travers le rideau de mon regard vide d'images que j'aperçois. Lorsqu'il est fermé, c'est toujours cette teinte assez floue qui nous éblouit un peu. Et lorsque je les ouvrirai, j'espère y voir autre chose. Je ne suis pas croyant, mais j'évoque une prière silencieuse. J'adresse une requête intérieure. Je sollicite mes propres rêves pour qu'ils deviennent réalité.

Mais ma prière est vaine. Le paysage qui m'entoure ne ressemble pas ce que j'aurais voulu voir.

La végétation est partout, d'un dégradé de divers rouges, du clair au foncé, du blême au vermeil. Elle s'étend à perte de vue.

La route sur laquelle j'ai dormi est un chemin plat, fait de terre, d'une teinte ocre si foncé qu'elle en est rouge. La terre est si fine qu'elle en est lisse.

Le soleil qui se lève est un disque de feu rougeoyant. Un soleil neuf, à l'aube de sa naissance. Il empourpre le ciel dépouillé du moindre nuage.

Au loin, très loin, j'aperçois un clocher et quelques toits éparpillés ici et là. C'est comme un mirage, une image fondue incertaine. C'est devant cette image que l'espoir, malgré tout, monte en moi, s'insinue dans mon cœur qui se met à battre la chamade. Il palpite à l'idée que cette ville à l'horizon est différente de celle où je suis né, où j'ai vécu, où je suis resté captif depuis ma naissance. Il ne peut pas en être autrement. J'ai tellement espéré. Je me rappelle tout ce qui a été dit des lieux en couleurs. Je me souviens de tous mes rêves.

Ce paysage qui s'étale à mes pieds et qui me déçoit ne peut être que le prolongement de la cité que j'ai fuie. Mais je veux croire à mes espoirs de ce que je vais trouver ailleurs. Je suis allé trop en avant pour prendre de plein fouet une déception que je ne supporterai pas, que je n'ose pas imaginer. Une déception intense qui me briserait dans mon élan vers un autre monde. Et ce paysage qui s'ouvre devant mes yeux ne me fera pas renoncer.

Je me remets en marche vers ce nouveau berceau que je convoite tant. Je suis déterminé et c'est d'un pas décidé, volontaire, que je poursuis mon pèlerinage. Je garde un rythme régulier pour ne pas trop me fatiguer.

Au fil de ma course, le rouge des alentours se fait plus pâle, plus indécis, moins vif, moins rouge. Sa teinte change, petit à petit, par petites touches. L'herbe, les feuilles, les fleurs, se transforment, prennent une couleur que je n'ai jamais vue. Et cette couleur s'affirme au fur et à mesure que j'avance. Mon espoir grandit, devient réalité. Un sourire se dessine sur mes lèvres que je ne contrôle pas, que je ne veux pas maîtriser. Je le laisse venir, car il reflète ce que j'ai dans le cœur.

Je continue à marcher ainsi. Je ne compte pas les minutes, les heures. Et mon sourire s'efface peu à peu, devient rictus. Une grimace où se lit la déception, l'abandon de mes rêves. Je vois une teinte qui n'est pas rouge. Une seule teinte. J'espérais en découvrir plusieurs, mais il n'y en a qu'une.

J'arrive dans le centre d'une ville autre que la mienne. Pourtant j'y trouve des similitudes. Le chemin de terre est maintenant une rue pavée et les maisons d'un style différent m'encerclent. Tout est d'une même nuance. Un pigment qui m'est inconnu.

J'ai envie de pleurer. Je sens deux larmes poindre à l'angle de mes yeux.

J'aperçois un homme sur le trottoir d'en face. Il est attablé à la terrasse d'un café et ne fait pas attention à moi. Il a l'air ailleurs. Il a l'air triste.

Je m'approche, car quelque chose m'interpelle. Cet homme me ressemble étrangement. Dans son expression, dans la tristesse qu'il dégage. Je sens son désarroi d'être là. Je le dévisage davantage, car cela me semble irréel. Je traverse la rue et je me poste devant lui. Il me voit. Il ne me quitte pas des yeux, mais il ne paraît pas ressentir le même trouble que moi. Pas en scrutant mon visage en tout cas. Pourtant, il me détaille des pieds à la tête et me lance :

« D'où tu sors toi ? C'est quoi ces vêtements ? »

Je le regarde droit dans les yeux et lui demande à mon tour :

« Je suis dans quelle ville ? Pourquoi ne vois-je qu'une seule couleur ? D'ailleurs, quelle est cette couleur ? »

« Tu es dans la ville bleue, mon gars ! Et toi ? À ce que je vois, tu n'es pas d'ici. Je ne sais de quelle couleur tu es attifé, mais je ne connais pas. »

« C'est rouge ! »

Je mets fin à notre court échange en tournant le dos à cet homme qui me ressemble tant, à cette ville, à tout ce bleu que je n'ai pas envie de voir. Je veux partir. Je veux m'enfuir. Je sens mon cœur qui chavire. Je ne veux pas me noyer. Car mon âme est sur le point de couler.

Je veux échapper à cette ville comme je l'ai fait avec la mienne. Mon destin est désormais l'exil. Je ne veux appartenir à aucune cité, à aucune couleur.

10ᵉᵐᵉ TOUR D'IVOIRE

LE PLUS BEAU DES CADEAUX

Ce fut un anniversaire mémorable. Lili y pense encore.

La journée avait pourtant commencé comme toutes les autres. L'émergence d'une nuit sans rêve tant sa fatigue était intense. La sonnerie du réveil à six heures trente tapantes et une envie obsessionnelle de s'emparer d'un quelconque objet assez lourd et puissant pour fracasser la chose qui était la cause d'une plongée en apnée au cœur d'un nouveau jour. Une journée de plus tellement encline à lui donner une migraine interminable. C'était sa première pensée du matin, de tous les matins. Un éclair furtif, mais bien présent, qui traversait le crâne de Lili comme un grand coup d'épée. Le son brutal et inaugural d'une longue série d'autres bruits qui allaient l'accompagner au fil des heures jusqu'au moment où elle poserait enfin sa tête sur l'oreiller le soir venu. Bien qu'elle sût d'avance que les ronflements de son mari, la prochaine nuit, dresseraient une barrière difficile à abattre pour s'enfoncer dans un sommeil qui serait, à la finale, peu réparateur.

Lili posa un pied sur la moquette avec une folle envie de retourner sous la couette et de mettre sa tête sous l'oreiller afin de recevoir calme et silence. Mais elle savait qu'elle ne pouvait pas se le permettre. Elle devait réveiller les enfants, supporter leurs chamailleries dès le levé, répondre à leurs questions, à leurs attentes. Puis son mari ferait irruption pour fermer le cercle familial. Il arriverait avec ses gros sabots, comme s'il ne pouvait pas mettre de confortables et silencieuses pantoufles. Il surgirait avec sa voix tonitruante, son gros rire qu'il savait communiquer aux enfants. Il ouvrirait le journal et lirait les nouvelles à haute voix pour que tout le monde en profite. Mais, tout ce que désirait Lili, c'était boire son café et son verre de jus de fruits en toute tranquillité. Cependant, c'était chose impossible. Et depuis de nombreuses années. Elle s'était dit que, ses enfants grandissants, elle trouverait davantage de sérénité dans sa vie de tous les jours. Mais le milieu dans lequel elle évoluait était toujours aussi bruyant. Différent, mais tout aussi tumultueux.

Une fois toute sa petite famille partie par monts et par vaux, Lili s'accordait cinq minutes pour une seconde tasse de café. Elle sautait ensuite dans sa voiture en direction le grand magasin du centre-ville où elle travaillait.

Elle passera sa journée derrière la caisse. Elle devra supporter le même tintamarre que tous les jours.

Les « bips » incessants lorsqu'elle scannait les articles.

Les jeunes mères promenant leurs bébés braillards à travers les rayonnages. Comme si elles ne pouvaient pas les faire garder ou les laisser aux nouveaux pères de famille. Mais elles devaient les croire incapables d'assumer leur toute récente descendance. Ce serait une action culpabilisatrice.

Les réflexions peu avenantes des clients mécontents qui trouveraient qu'elle n'allait pas assez vite à scanner les articles. Ceux qui, au contraire, lui raconteraient leur vie en long et en large, surtout les vieux, alors qu'elle n'en avait rien à faire.

Les chariots qui grinceraient, les téléphones portables qui sonneraient sans arrêt.

Le stress qu'elle finira un jour par faire pipi sur elle, car elle ferait signe en direction de la caisse centrale depuis une heure pour se faire remplacer afin d'aller se soulager. Parce qu'elle devait demander l'autorisation à la caissière principale pour aller aux toilettes. Et cette dernière prendrait évidemment tout son temps pour lui accorder ce besoin que Lili avait l'impression d'être seule à quémander.

Les piaillements de ses collègues pendant la pause qu'elle devra supporter. Ils ne lui laissaient jamais une petite poignée de secondes pour fermer les yeux et s'évader.

Et que dire des jours anniversaires ou de grandes promotions qui se rajoutait ponctuellement au brouhaha incessant ? C'étaient les pires. Le type criard derrière son micro qui débitait les mêmes slogans, les mêmes discours soi-disant accrocheurs du matin au soir. Il n'imaginait pas qu'en parlant simplement, sans s'égosiller, il serait également entendu dans tout le magasin et, de surcroît, il ne casserait pas les oreilles à tout le monde jusqu'à faire exploser tous les tympans.

Lili sortira de ce capharnaüm sonore vers vingt heures, vidée, se disant qu'elle allait devoir traverser difficilement l'étape suivante. Elle devra parcourir l'immense parking pour récupérer sa voiture, car les employés ne devaient en aucun cas priver la clientèle des meilleures places.

Ensuite, la circulation lui ouvrira les bras, l'accueillera, l'avalera. Elle se sentira happée et aura hâte d'être recrachée. Elle devra faire face aux bouchons interminables, aux kilomètres parcourus en première ou en seconde. Il faudra souffrir au milieu des klaxons intarissables, des sales cons ouvrant leurs vitres pour insulter, pour harpailler. L'hiver était encore plus pénible. Parce que la nuit tombait tôt et les milliers de phares qui l'agressaient rendaient Lili encore plus vulnérable, la plongeant davantage sur le chemin de l'accablement. Ils l'enrobaient de toutes parts comme pour forcer son crâne à avoir de plus en plus mal, à sentir le moment imminent d'une implosion certaine. Elle mettra l'autoradio en marche pour adoucir les angles, pour faire barrière à toute cette violence urbaine. Mais le bruit du moteur de sa vieille auto couvrira l'essentiel de ce qui aurait pu lui permettre d'envoyer balader ce déferlement malveillant.

Chaque soir, Lili rentrait chez elle, vannée, comme fanée. Elle avait l'impression d'avoir pris dix ans en quelques heures. Des heures qui l'avaient marquée au fer rouge. C'était une journée de plus qui la laissait défraîchie et froissée. Et sa prochaine traversée du mur du son démarrerait dès qu'elle aurait franchi le seuil de la porte de sa maison.

Les mêmes chamailleries entendues le matin, plus virulentes, car doublement éveillées. Les crises du soir parfois accompagnées de pleurs forcés pour faire pencher la balance dans les punitions prêtes à pleuvoir. Le volume de la télévision poussé à fond pour couvrir tout cela, car la petite dernière regardait ses dessins animés du soir. Les portes qui claquaient de colères comédiennes, allant même jusqu'à se rouvrir et se refermer plus énergiquement afin de marquer un point supplémentaire. La musique rock d'un côté et la musique rap de l'autre, comme dans un match de boxe. Et ce serait celle que le reste de la famille entendra le plus qui donnera le résultat final. Son mari qui restait neutre, qui ne voulait pas s'en mêler, s'immiscer dans l'apprentissage de la vie de ses deux adolescents de fils. Puis, l'heure de se mettre aux fourneaux arriverait et rien que le bruit des casseroles la mettait encore davantage sur des charbons ardents.

Mais aujourd'hui, Lili affrontera une épreuve supplémentaire. C'était son anniversaire. Un événement dont elle se serait bien passée ces derniers temps tant elle était épuisée de sa vie rugissante de chaque instant. Son mari l'emmènera dans un endroit grouillant de monde, bruyant au possible, dans un restaurant, dans un bar ou dans une salle de concert. Ou pire encore ! Il réunira tout un tas d'amis à la maison pour une soirée surprise en son honneur. Elle sera bien sûr contente de toute cette attention. Mais Lili se fera violence pour aller au bout de la nuit, accueillante, souriante, avenante, la parfaite hôtesse, bavarde à souhait, en ne cessant jamais de penser au lendemain sans repos, au désordre succédant, à la confusion subséquente.

Ce sera un vendredi soir particulier et elle allait faire bonne figure, comme d'habitude. Elle donnera un semblant de bonne humeur et retrouvera son rôle de bonne mère de famille, d'épouse aimante, heureuse de réintégrer son foyer, attentive à tous, prévenante à tout instant. Cependant, Lili aurait aimé être ailleurs. Un quelque part où elle pourrait souffler, et non s'essouffler, enfin respirer.

Mais le soir venu, lorsque Lili s'engouffra dans l'antre de l'extraversion, prête à subir l'assaut envisagé, elle ne trouva que le silence, un calme surprenant, mais tellement fantastique. Elle percevait pourtant des bruits presque lointains, quasiment fragiles. Elle entendait vaguement les enfants dans leurs chambres, des pas feutrés dans le salon, comme une espérance. Son mari était là, planté devant la cheminée, seul à l'accueillir, un sourire satisfait sur les lèvres. Il ne prononça pas un mot. Il lui dédia juste un baiser aussi léger qu'une plume caressante. Et il lui offrit le plus beau des cadeaux.

Un grand sac reposait à ses pieds, gorgé des seules affaires de Lili. Quelques vêtements, sa chemise de nuit, son nécessaire de toilette. Le livre qu'elle désirait s'acheter, mais qu'elle tardait à aller se procurer. Quelques revues qui traînaient depuis longtemps sur la table du salon et qu'elle n'avait pas encore pris le temps d'ouvrir. Les musiques qu'elle aimait, douces, envoûtantes, reposantes. Il lui tendit un dépliant, une photo sur papier glacé, un hôtel isolé, à la limite d'une grande plage, un hôtel perdu au milieu des dunes, certainement désert pendant cette période de l'année. À l'horizon, la mer à perte de vue, le ciel à n'en plus finir. Lili pouvait presque entendre le bruit des vagues, leur bercement ondulant.

Un murmure s'échappa du sourire de son mari. Un chuchotement qui disait connaître son désir d'être seule, son fantasme d'un silence percutant et persistant, son envie de flotter, de voguer seule en tête-à-tête avec elle-même, sans contrainte, sans personne.

Lili embrassa son mari, ses enfants venus les rejoindre dans le salon. Puis elle remonta dans sa voiture, en partance pour un week-end solitaire. Elle partait vers le plus des cadeaux qu'elle n'ait jamais reçus.

11ÈME TOUR D'IVOIRE

LA DERNIERE ROBE ROUGE

Je me souviens très bien de cet air-là et des paroles qui l'accompagnent. Je ne l'ai jamais oublié. Je n'oublie jamais rien. Tout ce que je dis, tout ce que je fais, reste gravé. Ce sont comme des tas de pages dactylographiées demeurant stockées dans un coin de mon cerveau.

Je suis planté là, sur le bord du trottoir, à attendre que le signal passe au vert et me fasse signe de traverser. Les mains dans les poches, les pensées vagabondes, je regarde à peine la dernière voiture franchir le carrefour avant que le feu ne devienne rouge. Mais j'entends très bien cette musique s'échapper par la vitre ouverte. Quelques secondes de « If love is a red dress » et mon cœur s'arrête. Mes pensées cessent d'errer pour aller chercher un lointain souvenir qui ressurgit au galop.

Les gens me bousculent pour traverser le boulevard, certains pressés par le temps, d'autres flânant pour aller lécher les vitrines du trottoir d'en face. Mais moi, je reste figé dans le passé. Un passé que j'ai tenté de quitter pour me mettre à l'abri, mais que je n'ai jamais réussi à écarter. Un passé qui me rattrape aujourd'hui à cause de quelques notes de musique, à cause de la voix envoûtante de Maria McKee, son timbre particulier qui m'enveloppe et m'empêche d'avancer. Je ne remarque même pas la jolie brune à quelques mètres de moi. Elle est droite et fière comme un I. Elle ne me quitte pas des yeux. Son regard me fixe, sans ciller. Un regard que rien ne vient troubler, mais qui devrait perturber mes sens. Je ne discerne pas, pas encore, son corps élancé et drapé d'une magnifique robe rouge.

Lorsque je la vois enfin, les flashs de mon ancienne vie, de ce qui a fait ma vie, me percutent de plein fouet, me giflent violemment, ravivent dans mon cœur ce sentiment d'amoureux transi qui m'avait saisi dès lors que ma première robe rouge à la silhouette étourdissante était entrée dans mon champ de vision. Le genre de visions qui me faisaient partir, m'emmenaient loin, me faisaient planer au-delà de toute espérance.

La première fois, c'était sur cette musique. Elle était à couper le souffle, à tomber par terre. La salle, que nous avait octroyée le lycée pour fêter la fin d'année, grouillait d'étudiants plus ou moins éméchés, de jolies filles sur leur trente et un, de garçons qui espéraient ne pas finir la nuit seuls. Il y avait du monde partout, mais je ne voyais qu'elle. Je trouvais le moindre prétexte pour m'éloigner de mon groupe d'amis. Aller boire un verre, aller aux toilettes, aller prendre l'air. Et je passais ainsi des milliers de fois près d'elle, la frôlant, l'effleurant, humant son odeur qui me semblait enivrante. Mais surtout, je touchais, à chacun de mes passages, le tissu de sa robe rouge dont la caresse me faisait perdre la tête. J'étais du genre timide et je n'osais pas l'aborder. Avec du recul, je pense qu'elle s'amusait beaucoup de mon petit jeu. Je ne remarquais pas alors son sourire moqueur, son regard gentiment espiègle. Ce fut elle qui vint à moi. Elle n'aurait pas dû. Elle m'invita à danser et nous tournoyâmes pendant ce qui me sembla une éternité. Sans dire grand-chose. Qu'aurais-je dû lui dire ?

Lui dire que son sourire, ses jolis yeux en forme d'amandes, sa longue et douce chevelure tressée, ses pas de danse assurés, son parfum fleuri, ses mains, posées sur moi, n'étaient rien en fait. Lui dire que seuls comptaient mes doigts serrant le tissu qui la recouvrait, le rouge qui l'enveloppait, qui me drapait aussi, entraîné par le mouvement de nos pieds battant la mesure.

Au matin, encore plongé dans les brumes de la nuit passée, je me réveillais au travers de mon lit, nu et comme sans vie, vidé de toute énergie. Mais je la serrais contre mon cœur, ma bouche embrassant inlassablement la robe rouge qui s'étendait devant moi à perte de vue. Sa matière vaporeuse reposait sur mon inébranlable érection. Ce moment fut merveilleux, tellement intense que je le prolongeais des heures durant. Je venais de perdre mon corps et mon âme.

Et il y eut une seconde fois. Un renouvellement de mon obsession. Différent et similaire à la fois.

Assis côté fenêtre dans le bus qui me ramenait chez moi, je regardais défiler à vive allure l'asphalte gris. J'essayais de ne penser à rien d'autre qu'à ce que j'allais bien pouvoir faire de ma soirée. Je ne faisais aucun cas des autres usagers. Je ne les ignorais pas, je ne les voyais tout simplement pas. Ils étaient inexistants, ils ne faisaient pas partie du voyage. Si j'avais pu faire partie de ce monde, j'aurais certainement entendu un couple à l'aspect morne se disputer discrètement, se chercher mutuellement. J'aurais dans mon champ de vision un adolescent boutonneux qui recevait à plein tube un mauvais rap dans les oreilles et dont je percevrais quelques bribes. Je ragerais de devoir supporter un nourrisson poussant des cris affamés et sa mère désespérée lui chuchotant vainement des paroles apaisantes, mais sans effet. Et bien d'autres bruits encore. De ceux qui accompagnaient ce bus à chaque trajet.

Mais un voile rouge était venu partiellement se poser sur mes genoux, me toucher, me réveiller. Un rouge sombre, un rouge envoûtant. Une étoffe flamboyante qui m'avait ramené à la réalité de l'instant. Le siège côté couloir, vide quelques secondes auparavant, était maintenant occupé par une femme qui n'avait pas pris le temps, en s'asseyant, de maintenir les pans de sa robe afin qu'ils ne viennent pas importuner l'homme à côté duquel elle venait de se poser telle une belle fleur d'hibiscus en train d'éclore. Mais elle ne m'importunait pas, bien au contraire. Elle ne pouvait pas imaginer ce qu'elle venait d'accomplir. Le léger souffle que cela produisit fut si doux à mes oreilles et si délicat pour mes narines.

Je fermais quelques instants les paupières pour recevoir pleinement cette formidable sensation. Je savourais, je m'accordais ce droit avant de me tourner vers l'instigatrice de cet instant de pur bonheur. Je souhaitais que cette femme comprenne, au premier regard que je lui offrirai, qu'elle n'était pas source de gêne.

Mon sourire voulait tout dire. Enfin, je pense. Car elle me le rendit avec générosité. Ce n'étaient pas des lèvres pincées, ni hautaines, ni dédaigneuses. La femme aurait pu laisser percevoir un certain dégoût quant au fait que sa robe soit en contact avec un parfait inconnu. Mais il n'en fut rien.

Nos regards s'étaient croisés et je sus qu'il fallait la convaincre de me suivre. Il ne pouvait pas en être autrement. Elle devait comprendre mon envie au premier abord. Cette pensée fut lancinante à la première seconde. Mes yeux devaient planter la graine et celle-ci ne pouvait que germer dans son esprit. Une graine d'envie, un désir irrésistible de rester en ma compagnie. Je ne me souviens pas mes premiers mots prononcés, mes paroles susurrées. Mais la robe de ma convoitise entra dans mon sillage et ne me quitta pas.

Ce fut ainsi que nous étions arrivés à la gare. Elle, à ma suite, à ma poursuite, ses pas suivant mes pas. Et tout autour de nous, c'était l'inexistant dans mon existant. Je l'espérais dans le sien également. Je ne voyais pas les gens qui s'en allaient je ne sais où. Ni les amoureux qui se quittaient, qui s'embrassaient pour tenir jusqu'au lendemain, un autre jour pour un nouveau baiser, qui se disaient un dernier au revoir d'un petit geste de la main. Ni les vieilles dames qui trainaient dans leur sillage leurs sacs sur roulettes, leurs achats de la journée, leurs provisions de la semaine. Ni les hommes cravatés, leur attaché-case à bout de bras. Toutes sortes de gens. Des vieux, des jeunes, des gros, des maigres, des curieux, des attentifs, des élégants, des négligés.

Ce fut donc le second plus beau réveil de mon existence. Mon corps se noyait de nouveau dans une douce chaleur rouge et mon sexe, encore dur, se lovait dans les plis et replis de ces chutes à l'apparence sanguinolente. Il ne désenflait pas au contact de cette matière fantasmagorique. Une extase incroyable m'habitait et ne me quittait pas. Mes mains ne se lassaient pas de plonger et de s'envelopper de cette soyeuse tenture. Elles pétrissaient cette chair artificielle, cet ersatz de toute beauté. J'exultais de pouvoir ressentir ces secondes, ces minutes, ces heures d'euphorie démesurée.

C'était comme ça à chaque fois. Des frissons me parcouraient sans être annoncés, sans qu'ils soient prévus. Ils me surprenaient, me happaient. C'était une vague qui arrivait sur moi. Une claque qui me faisait l'effet d'une caresse. Et c'était un royaume où j'allais sans me faire prier. Je me sentais alors léger comme un soupir, telle une plume transportée par le vent qui se posait à peine, ne s'arrêtait jamais. J'avais l'impression de voler comme une poussière minuscule qui vient se poser ici et là, au hasard. Et ce hasard était là, à portée de moi. Je pouvais le saisir, l'attraper au vol, me l'accaparer à ma guise. Ce hasard était accueilli comme le Messie lorsqu'il surgissait. Ce que je ressentais relevait de l'infiniment grand. Ce que je percevais devait se deviner en moi, dans le brillant de mes yeux, dans mes gestes modérés, dans mes mouvements ralentis. Je me disais que tout ceci ne pouvait échapper à personne tant je les éprouvais moi-même.

Je me sentais bien et j'aspirais à ce que cela dure longtemps sans jamais me paraitre long. Le silence qui pesait autour de moi ressemblait à celui d'une église, à la fois lourd et empreint d'une grande sérénité. Je le voyais ainsi, alors que c'était le brouhaha qui régnait. Cependant, la rumeur ne m'atteignait pas. Car elle était partout, sauf avec moi, incompatible avec ce qui se passait à ce moment-là. Seuls les instants comptaient.

J'étais saoul à chaque fois de ce ballet de robes rouges, de ces parures empourprées qui m'embrasaient, m'enflammaient, chauffaient tous mes sens, mettaient en émoi toutes mes émotions. Je devenais alors amnésique de tout ce qui n'était pas moi, de tout ce qui était extérieur à cette chorégraphie enivrante.

Je suis toujours là, telle une statue, au pied du feu qui passe du vert au rouge et du rouge au vert, inlassablement.

Mes pensées cessent alors leur parcours nomade et la réalité refait surface. Le trottoir où je suis ancré, les gens qui me frôlent, qui me bousculent sans même s'en rendre compte, les voitures qui défilent et mon regard sur cette robe rouge où je pourrais m'égarer. Cette robe drapant la jolie brune non loin de moi, celle où je pourrais me noyer, sans aller me perdre dans les yeux de cette femme dont le visage m'apparait à peine, mais dans les pans de tissu de sa robe dont la couleur m'obsède.

Elle est la cause du déferlement de mes actes passés qui ressurgissent de manière affolante, de façon troublante. Des gestes fous qui m'ont entraîné à commettre des crimes dans le seul but de pouvoir me gorger et assouvir mon incroyable désir.

Elle est l'initiatrice d'une réalité qui me frappe encore plus violemment. Celle où je me vois seul, isolé de tout contact, à rêver chacun de ces instants, les créer, les tisser selon mes tentations, les appeler de tous mes vœux.

Un éclair de lucidité qui me fait réaliser que rien de tout ceci n'est vrai. Ces crimes sont mon fantasme dans le seul but de pouvoir jouir grâce à cet apparat qui est seul à me faire hurler de plaisir.

Ces femmes ont croisé ma route et elles étaient vêtues de rouge. Mais elles ne m'ont jamais suivi. Elles longeaient les chemins qu'elles s'étaient dessinés sans avoir à l'esprit qu'elles auraient pu choisir celui que je désirais tant qu'elles empruntent. Et c'est une fois seul que je me les imaginais s'abandonner à moi, m'offrir mes chimères, me satisfaire. Je les rêvais se donner en offrande pour me léguer leur habit, source de mon utopie.

À cet instant, je crie au plus profond de moi, un hurlement que je suis seul à entendre. Mon monde s'effondre, ma vie s'effrite, ce qui me permettait d'être moi disparait. C'est la fin de ma folie onirique qui est en train de me rendre fou. Je ne vois plus rien. Ni les badauds qui me bousculent dans mon immobilisme qui les dérange, ni les voitures qui filent à grande vitesse sur l'asphalte, ni la robe rouge qui se détourne pour poursuivre sa route.

Et mon inertie prend fin quelques instants plus tard dans un mouvement qui me fait me jeter sur la chaussée, me précipiter vers ma dernière demeure, dans ce qui fut l'essence de mes délires. Je ne sens pas le choc. Je ne me vois pas me coucher sur le bitume. Je ne ressens pas la vie me quitter et m'affubler de sang. Je ne regarde pas la mort m'habiller de ma dernière robe rouge.

12ᵉᵐᵉ TOUR D'IVOIRE

CE FUT UN BEAU VOYAGE

C'est le grand jour et Stanislas, mon petit Stan, est réveillé depuis longtemps. Il s'est levé bien avant l'aube, excité par l'aventure que je lui avais promise et qui se concrétise enfin.

Cet instant tant attendu est finalement arrivé. Une expédition dont il rêve chaque nuit, dont il me parle chaque jour depuis une bonne semaine déjà. Une journée que j'ai organisée pour lui. Pour nous. Pour se rappeler que nous sommes une famille.

Vivre quelques heures d'un bonheur oublié. Vivre des moments que nous ne partageons plus, que nous ne vivons plus. Je veux nous voir comme je nous imagine souvent. Une famille partageant des instants simples. Une errance à travers la ville. S'asseoir à la terrasse d'un café. Se regarder. Se parler. Sourire ensemble. Une ballade dans un parc. S'offrir un déjeuner sur l'herbe. S'émerveiller à deux de voir notre enfant rire aux éclats. S'étourdir à force de tours de manège. Rentrer main dans la main, un peu fatigués d'avoir vagabondé ici et là. Fatigués, mais satisfaits.

Je suis encore au lit. Il est vraiment trop tôt pour descendre dans la cuisine. Je ne vois pas encore la lumière de l'aurore traverser les persiennes. C'est un moment que j'aime. Ce sont de tendres couleurs qui viennent me caresser avec douceur. Je profite toujours de ces instants avant de rejeter la couette, avant d'affronter mon travail quotidien, avant de me lancer dans les corvées ménagères qui n'attendent que moi.

Greg dort profondément et n'entend rien des babillages joyeux de Stan déjà réveillé ni ses petits pas qui trépignent derrière notre porte close. Comme à son habitude, Greg me tourne le dos. Il ne s'endort jamais en me regardant. Il ne sombre jamais dans le sommeil avec sa main posée délicatement sur ma hanche. Un joli endormissement que je ne connais plus depuis longtemps.

Je sais qu'il va falloir le secouer le moment venu. Car il ne veut pas venir avec nous aujourd'hui. Il ne souhaite pas participer à cette sortie en famille.

C'est aussi un grand jour pour moi. Mais je ne le sais pas encore.

Je suis lasse de ma vie où rien ne se passe. Où nous ne faisons plus rien ensemble.

Je suis une mère de famille. Je suis une femme d'intérieur. Je ne suis rien d'autre. Je ne me sens pas femme. Je ne me sens plus désirable.

Je ne travaille pas. Je sors rarement de la maison. Seules les courses, seuls les aller-retour entre la maison et l'école, rythment mes sorties. Je ne fais pas de sport. Je ne fais partie d'aucune association. Je n'ai pas d'amies qui me confier. Mes journées naviguent entre mes occupations de mère, la cuisine, le ménage, toutes les corvées réservées à la bonne ménagère.

Greg travaille du matin au soir. Il rentre tard, à une heure où il s'assoit seul à table, devant les restes du dîner que j'avais préparé. L'agréable repas en famille existe rarement. Un moment à trois qui devrait pourtant avoir lieu souvent. Et lors de ces dîners amputés d'un de ses convives, il m'arrive de provoquer un silence profond. J'ai une pensée rêveuse où se matérialise un repas familial. Mais cette pensée s'évapore aussi vite qu'elle est apparue. Car je dois envoyer Stan au pays du marchand de sable et mon petit homme y est depuis longtemps quand son père franchit la porte. Greg avale ce que je lui prépare, sans un merci, sans un compliment. Lorsqu'il a terminé, il file s'enfermer dans son bureau en laissant tout sur la table que je débarrasse de sa vaisselle sale. Je lui demande toujours comment sa journée s'est déroulée. Lui ne me questionne pas, ne cherche pas à savoir comment j'ai occupé mes heures.

L'absence de Greg brille aussi les week-ends. Il passe très peu de moments avec Stan, avec moi. Il est trop occupé. Des rendez-vous je ne sais où, avec je ne sais qui. Il semble fuir, s'enfuir.

Je n'aime pas mon quotidien. Je ne le supporte plus. Ma vie me paraît depuis longtemps sans intérêt.

Aujourd'hui sera un jour nouveau. En attendant de le vivre, je reste allongée. Je suis imprégnée d'un sentiment inédit. Tout autant que mon petit Stan. Toute l'excitation qui m'anime se love au fond de moi. Je la sens s'agiter dans le creux de mon ventre, dans les vibrations de mon cœur. Je ne l'extériorise pas, car je sens qu'elle sera autre.

Le lever du soleil arrive enfin à son apogée. De fines bandes éclatantes viennent sillonner la chambre, la font jaillir des ténèbres.

Je secoue Greg. Je n'ai droit qu'à un grognement. C'est la seule réaction qu'il m'offre. Il ne se tourne pas vers moi. Il ne me prend pas dans ses bras, il ne m'embrasse pas. Aucun doux bonjour ne franchit ses lèvres. Je le soupçonne d'être réveillé et de faire le mort pour tenter une dérobade à notre excursion en famille. Je crois qu'il a envie d'être partout sauf avec son fils et sa femme.

Je le regarde, je l'observe. Je ne ressens rien. Rien de bon. Mon cœur reste froid. Je m'aperçois que la douleur qui me tenaille habituellement a disparu, que cette souffrance est devenue amertume. Ma peine de cœur s'est envolée et je ne ressens qu'un dégoût de moi-même. J'éprouve de la répugnance à me laisser vivre ainsi, de m'abandonner à l'indifférence d'un homme qui ne me voit plus. Ce constat m'apporte une soudaine sérénité. Une quiétude teintée d'un goût amer qui, j'espère, disparaîtra.

Je capitule. Je lui ai arraché la promesse qu'il viendrait et je ne vais pas insister. Je n'en ai plus envie. Il fera ce qu'il voudra.

Lorsque je sors de notre chambre, Stan sillonne le couloir de long en large. Il chante. Il danse. Mon petit bonhomme haut comme trois pommes est joyeux. C'est bon de le voir ainsi. Il me donnerait presque envie de m'agiter vivement avec lui dans tous les sens. J'aimerais partager sa joie, lui communiquer la mienne, une joie un peu triste quand même, mais il ne la comprendrait pas. Il ne saisirait pas la nouvelle allégresse qui me transporte. Je sais que ce que je vais lui dire ne va pas le ravir. Je vais attendre pour ne pas le peiner, pour ne pas voir couler ses larmes. Un chagrin qui me déchirera le cœur. Mais notre expédition sera ce qu'elle doit être.

Je prends Stan dans mes bras. Je dépose un baiser dans le creux de son cou, là où sa peau est si douce. Il émane de lui un mélange de sueur et du parfum de son bain pris la veille au soir. Je le respire et l'enveloppe de mon amour maternel. Il s'arrête alors de frétiller et se serre contre moi en posant ses petits doigts sur mes joues.

Nous descendons les marches, une par une, côte à côte, sa petite main dans la mienne. Je vais à son rythme.

Dans la cuisine, je lui prépare son petit déjeuner. Il l'avale rapidement et retourne dans sa chambre pour s'habiller. Il a hâte. Son impatience est à son comble. Je me fais un thé bouillant que je bois sans ressentir la moindre brûlure sur ma langue. Je ne prends rien d'autre. J'en suis incapable. Mon estomac est aussi noué que mon cœur, pourtant en ébullition, pourtant en liesse.

J'attends. Le regard vague. Le regard lointain. J'attends que Greg descende. Je reste attentive, car je veux l'entendre venir à moi. Je veux percevoir chacun de ses pas qui fouleront l'escalier. Une dernière fois.

Il est là maintenant. Devant moi. Je le fixe sans rien dire. Il ne m'effleure pas. Il ne m'embrasse toujours pas.

« Tu as l'air bizarre. » Me dit-il.

« Non ! Je vais bien ! Je vais très bien ! »

C'est là le peu d'attention qu'il me porte jusqu'à ce qu'il découvre que je n'ai pas mis la cafetière en route.

« Tu ne m'as pas fait mon café ? »

Voilà les mots qu'il me siffle. Froidement. Je réponds par la négative. Un son qui sort d'entre mes lèvres, comme un long soupir. Une exhalation sans tendresse, sans froideur. Juste indifférente. Un mot qui en engendre d'autres.

Je lui dis que je pars, que Stan et moi partons. Je précise qu'il ne vient pas avec nous, que je ne le souhaite pas. Je lui murmure que je ne reviendrai pas, que notre histoire commune prend fin, que ma vie se fera dorénavant ailleurs, sans lui.

Ce qui arrive ensuite se passe comme dans un rêve. Un rêve difficile, mais qui me donne l'impression de vivre.

Nos valises sont prêtes. Stan et moi prenons la route. Les premières minutes ne sont que larmes. Mon petit garçon sait que je ne vais pas tenir ma promesse d'une journée à trois, d'une virée en famille. Stan ne comprend pas pourquoi. Il est si petit encore. Mais j'arrive à le consoler, à le faire rire. Et son chagrin finit par s'envoler momentanément.

Les heures passent merveilleusement. Nous parlons, nous chantons, nous rions. La route est longue, mais je glisse sur elle, je me l'approprie. Les paysages qui défilent me paraissent magnifiques. L'accueil chaleureux de ma maison d'enfance me réconforte. Je veux vivre chaque instant comme si c'était le dernier. Je veux savourer ma liberté retrouvée. Je ne sais pas où cela va me mener, mais je ne suis pas effrayée.

J'enlace mes parents. Lorsque je les vois m'accueillir ainsi, mes larmes s'échappent enfin. Mais je ne leur dis qu'une seule chose : « Ce fut un beau voyage ! » Le reste viendra après.

Stan me regarde. Il regarde sa maman sourire, il devine son bonheur. Un bonheur qui le transperce. Un bonheur que je lui transmets.

13ᴱᴹᴱ TOUR D'IVOIRE

LA RUE DES SAULES PLEUREURS

La rue des Saules Pleureurs se situe dans la banlieue qui encadre la ville. C'est une rue calme, perchée sur la seule colline approchante, bordée d'un sentier pédestre fort bien aménagé, très agréable. Elle est ornée d'arbustes de tous genres, d'arbres de toutes tailles, de fleurs de toutes les couleurs. Mais pas un seul saule pleureur ne vient à la rencontre des regards qui s'égarent dans cette rue aux allures de décors de cinéma. Tout y est parfait, jusqu'aux jolies maisons, sortes de cottages féeriques, genre maison de poupées, style habitations figées dans une atmosphère de cartes postales.

Glacée. La rue des Saules pleureurs semble, en effet, transie de froid. Malgré la magnificence des lieux, en dépit d'un mélange de teintes chatoyantes et reposantes, cette rue n'en est pas moins privée de chaleur humaine. Lorsqu'on a l'honneur d'apercevoir un des habitants du coin mettre le nez dehors, le mot « accueillant » n'est pas le premier à venir frapper contre les parois des âmes pensantes. Un froid bouclier semble se former, une image si peu abstraite qu'elle s'avère presque réelle, pas loin d'être concrète. L'illusion de vouloir s'y installer ne dure pas, comme l'espoir de croiser un saule pleureur avant que la rue ne s'achève. Pourtant, les gens venus d'ailleurs, devenus des gens d'ici, n'en repartent pas, s'ancrent dans le paysage, s'incrustent dans le quotidien de la rue des Saules Pleureurs.

Sabine se rend, comme chaque matin, dans l'avenue commerçante en bas de cet énorme mamelon verdoyant où est ancrée la rue des Saules Pleureurs. Elle enfourche sa bicyclette rouge, met son casque qui la protège d'une chute éventuelle, et commence sa descente vers sa tournée quotidienne. Le boulanger, le fromager, l'épicier, le boucher, le marchand de fruits et légumes. Sabine ne va jamais dans l'hypermarché du centre-ville. Elle fait ses courses au jour le jour, ne prévoit pas pour la semaine. Elle croise beaucoup de monde, des gens de passage, des habitants venus de rues plus lointaines, des voisins proches. Aucun son ne sort de sa bouche, pas un bonjour, pas un sourire, pas même l'esquisse d'une grimace. Son visage est fermé, sans émotion, sans invitation à la discussion. Les gens de passage s'étonnent de ce morne personnage. Les habitants venus de rues plus lointaines ne font plus attention à elle. Quant à ses voisins proches, ils ressemblent à Sabine. Seuls les touristes s'étonnent encore.

Une fois ses emplettes rangées minutieusement dans son panier, une fois celui-ci bien arrimé sur le porte-bagage de la bicyclette rouge, une fois le casque vissé sur sa tête, le retour dans la rue des Saules Pleureurs se fait tout aussi silencieusement qu'à l'aller. Et Sabine rentre dans sa petite maison aussi propre qu'une salle d'opération avant l'intervention du chirurgien. Une maison vide de toute autre personne qui respire sur le rythme de son unique propriétaire.

Jacques part à huit heures tapantes. Pas une minute de moins, pas une minute de plus. Il met son imperméable gris souris, s'empare de sa sacoche de cuir noir, embrasse ses enfants encore assis autour de la table de cuisine devant leurs petits déjeuners. Puis il embrasse sa femme Alice qui le regarde amoureusement. Alice ne manque jamais un épisode de la série télévisée « 24 heures » et en pince pour son héros Jack Bauer. Elle se dit souvent que Jacques lui était destiné, qu'elle ne se serait pas mariée avec lui s'il s'était appelé autrement. D'ailleurs, elle dit Jack et non Jacques. Et Jacques la laisse faire, il en est fier. Heureusement qu'Alice n'était pas férue des « Visiteurs », il ne supporterait pas de s'entendre nommer Jacquouille.

Lorsque Jacques referme la porte de la maison familiale située rue des Saules Pleureurs, il voit Sabine passer sur sa bicyclette, tête dans le guidon. Il ne la salue pas. De toute façon, elle ne répondrait pas. Et la même incivilité se produit également dans le sens inverse. Pas de « bonjour », pas d'inclinaison du chef, pas de regard de face ou de biais. Jacques rencontre d'autres voisins en descendant la rue vers l'arrêt du bus qui l'emmène vers sa journée de labeur. Il ne lève pas la tête pour les regarder, ne prononce pas un mot, même chuchoté, mais soufflé.

Les jumeaux du numéro 5 de la rue des Saules Pleureurs marchent sur le trottoir. Ils ne regardent que leurs pieds, comptent chacun de leurs pas. Le frère et la sœur, cartables sur le dos, mains dans les poches pour se protéger de la fraîcheur matinale, têtes emmitouflées dans des écharpes tricotées main, ne se parlent pas entre eux. Alors, pensez donc, ils ne vont pas se fatiguer à s'adresser aux autres. Et les autres, ils en croisent sur le chemin de l'école. Ils suivent la même route que Jacques, ils aperçoivent Sabine qui part en pèlerinage. La rue des Saules Pleureurs est réveillée et remplit son bel horizon de silhouettes de tous âges, de toutes tailles, de tous sexes. Mais l'ambiance est aussi privée de bruits qu'une nuit noire et lugubre.

Les jumeaux du numéro 5 de la rue des Saules Pleureurs montent dans le car scolaire arrêté juste derrière le bus que prend Jacques. Amandine et Julien s'assoient l'un près de l'autre et ne prêtent aucune attention aux autres enfants qui chahutent dans un brouhaha infernal. Un chahut quotidien qui provoque des maux de tête au pauvre chauffeur. Pour les autres passagers du car, Amandine et Julien sont juste les enfants de la rue des Saules Pleureurs. Ils ont tenté une fois, deux fois, de nouer des liens, mais ce fut peine perdue. Chaque tentative a échoué. Ils n'ont plus jamais essayé.

Florence, dite Flo, et Nicolas, dit Nico, mettent le nez dehors à la même heure. Un peu plus tard que Sabine, un peu après Jacques, quelques minutes après les jumeaux du numéro 5 de la rue des Saules Pleureurs. Ils sont beaux, Flo et Nico. Un joli couple approchant la trentaine, toujours parés de vêtements chics et à la dernière mode, jamais déformés d'atouts disgracieux ou ringards. Ils sont si parfaits que chacun pense que, même dans le sommeil, même dans l'effort, quelque qu'il soit, ils doivent garder une belle apparence, une contenance irréprochable. Il en est de même de Charly, leur bébé né six mois auparavant. Toujours beau, toujours babillant, jamais morveux, jamais ne braillant, mais jamais souriant.

Donc, une fois la nounou arrivée, Flo et Nico sortent de chez eux, coude à coude, leurs pieds droits simultanément sur la même première marche du perron, leurs pieds gauches sur la même seconde marche. Ils atteignent ainsi, en cœur, l'allée qui les mène vers les deux voitures garées côte à côte.

Rien dans tout cela ne serait gâché sans la froidure de leur allure. Cet aspect hostile ne donne pas envie. Telles les engelures, les crevasses sillonnant les empreintes de doigts rugueux, ces faciès frigides apportent aversion et n'invite pas à un touché, à une caresse.

Tous les jours et durant les heures qui les composent, les habitants de la rue des Saules pleureurs, ces vivants aux allures de zombis, transportent avec eux une atmosphère insupportable pour toute personne qui aime la pétulance, la réjouissance de tout instant. Ces êtres peuplant la rue des Saules Pleureurs ne disent jamais « venez » et encore moins « bienvenue ». Ils ne serrent jamais de mains, ils n'embrassent pas de joues, ils ne posent pas de doigts chaleureux sur des épaules proches, ils n'enlacent jamais affectueusement, même hypocritement.

Il y a huit maisons dans la rue des Saules Pleureurs. Huit foyers abritant une, deux, trois, dix et encore plus de personnes qui paraissent vivre seules ou à plusieurs, mais semblent s'ennuyer entre eux, ne cherchant à jouir d'aucune promiscuité. Des foyers où les flammes d'un feu de cheminée ne réchauffent aucun cœur, où l'âtre chaleureux ne diffuse aucun rayonnement, seulement une certaine indifférence.

Sabine. Jacques, Alice et leurs enfants Alexandre et William. Caroline, Éric et leurs jumeaux Amandine et Julien, sans oublier la petite Nina. Flo, Nico et bébé Charly. Patricia, Olivier et leurs deux pestes Zohra et Vanessa. La pulpeuse Déborah. Jean-Charles et Jean-Baptiste, surnommés les frères siamois. Le vieux Germain, pas si vieux que ça. Ce sont tous les habitants de la rue des Saules Pleureurs.

Toutes et tous vont et viennent dans la rue qui est la leur. Ils naviguent également dans les rues adjacentes, dans les rues avoisinantes, dans les rues alentour, dans celles un peu plus lointaines.

Toutes et tous donnent la même impression. Ils confirment l'opinion de celles et ceux qui ne vivent pas dans la rue des Saules Pleureurs. Leurs visages sont fardés d'inhumanité, d'indifférence, de froideur, du désamour de la vie, d'absence de joie, de la fascination du manque de réjouissance, d'amour tout simplement. Aucune étincelle ne vient briller au fond de leurs yeux, ne vient éclairer leurs âmes. Celles-ci ont l'air vides, vaines de sens, de sensations.

Mais qu'en est-il de tous ces visages une fois la porte fermée, les rideaux tirés ? Que deviennent ces faces rigides lorsque leur monde devient clos et ne laisse pénétrer aucun regard étranger ? Les masques tombent-ils ? Le fard est-il autre ?

La nuit tombe et laisse l'obscurité envahir la rue des Saules Pleureurs. Elle permet aux masques moribonds de choir sur la chaussée, dans les allées, aux portes des maisons de la rue des Saules pleureurs.

Les sourires s'affichent, les cœurs se gonflent, les prunelles s'illuminent, les mots jaillissent. La vie éclate dans tous les sens, l'amour prend tout son sens. Le silence n'existe pas dans les foyers de la rue des Saules Pleureurs. Quoiqu'en pensent tous les autres. Les rires fusent de toutes parts, les lèvres remuent sans cesse, des expressions diverses paradent à tout va. La musique rejoint les moulins à paroles, s'enroule, s'entortille, se mêle à l'ambiance chaleureuse qui règne en maître. Le téléphone n'arrête pas de sonner, chacun court pour y répondre le premier. Dans la rue, ils ne se parlent pas. Mais une fois cloitrés chez eux, ils s'appellent sans cesse.

Sabine. Jacques, Alice et leurs enfants Alexandre et William. Caroline, Éric et leurs jumeaux Amandine et Julien, sans oublier la petite Nina. Flo, Nico et bébé Charly. Patricia, Olivier et leurs deux pestes Zohra et Vanessa. La pulpeuse Déborah. Jean-Charles et Jean-Baptiste, surnommés les frères siamois. Le vieux Germain, pas si vieux que ça. Tous les habitants de la rue des Saules Pleureurs se réveillent, se cherchent. Le téléphone lance les invitations et chacun est favorable à des rencontres tant attendues. Et les veillées peuvent commencer.

Ils sont tous réunis. Les résidents de la rue des Saules Pleureurs forment une communauté qui vit dans l'enivrement des retrouvailles. Chaque soir apporte son lot de liesse, de jovialité, d'hilarité, de folâtrerie. Les couples se frôlent et se caressent, ils s'envoient des regards chargés de tendresse.

Les femmes rient de tout et de rien, échangent des sentiments non dits, rient sous cape de mots osés et insérés au hasard d'une phrase.

Les hommes entrechoquent leurs verres de whisky, trinquent à leur amitié, à la joie d'être en si bonne compagnie. Ils s'offrent cigares et cigarettes que Déborah ou Flo piquent au passage, se permettent de refaire le monde à leur façon.

Sabine et Germain échangent des baisers au détour d'un couloir, dissimulés derrière une porte. Ils ne révèlent rien, mais toutes les personnes ici présentes savent que chaque nuit est témoin de leurs ébats charnels.

Nico apporte toujours sa guitare. Les accords, d'abord timides, sont ensuite de plus en plus aisés. Les paroles de « San Francisco » de Maxime Le Forestier sortent de sa bouche pour finirent sur toutes les lèvres et emplir la pièce où tous se rejoignent.

L'affriolante Déborah se glisse entre les frères siamois. Elle offre sa généreuse poitrine aux regards affamés des deux frères secrètement amoureux de leur aguichante voisine.

Les cris et les rires des enfants se greffent à la chanson sans venir la troubler. Alexandre, William et Julien se prennent pour les Trois Mousquetaires. Amandine, Zohra et Vanessa dérobent mascara, fard à paupières et rouge à lèvres. Elles se fardent comme leurs mères, chaussent des escarpins à talons hauts trop grands pour elles. Ces jeunes demoiselles jouent les mannequins en remuant du popotin. La petite Nina, haute comme trois pommes, une pomme pour chaque année, joue à la maman avec bébé Charly, le fait rire aux éclats.

La soirée se déroule ainsi. Toutes les fins de journée se consument de cette manière. Les habitants de la rue des Saules Pleurent se séparent tard dans la nuit, heureux de s'être vus et appréciés, tristes de se quitter, mais déjà enjoués à la perspective de la fusion d'un autre soir.

Et pourtant, lorsque la prochaine aube apparaîtra, leurs chemins vont de nouveau se croiser, sans échanger un regard, sans prononcer un mot, sans sentiment qui transparaîtra aux yeux des autres, à la vue de ceux qui n'habitent pas la rue des Saules Pleureurs. Car ils tiennent jalousement les uns aux autres et ne souhaitent pas faire de place à aucun intrus.

14ᵉᵐᵉ TOUR D'IVOIRE

CE MERVEILLEUX DÉSESPOIR

L'horizon qui, certains jours, s'offre à moi, peut sembler d'un désespoir déconcertant. En contemplant le paysage alentour, en laissant voguer mon regard ici et là, je peux ainsi prendre conscience de ma propre déchéance, de ma misérable décrépitude. Je donne en offrande une image accablante aux badauds des environs, un triste horizon.

Cet horizon-là, la perspective de cette existence-là, ressemble à un vide sombre et sans vie, au vide des vies de ceux qui errent sans âmes, sans passés, sans rien et sans tout, sans leurs yeux pour les guider vers quelque chose de beau, vers un quelque chose de vivant et de vibrant. Cette vie-là se perd en effet dans le tunnel du désespoir et des sans-espoirs.

J'erre dans la ville, ici et là, à la convenance de mes pas, au gré des bousculades que je subis sans cesse lors de ces moments d'égarement.

Par chance, la ville n'est pas déserte. Le silence ne règne pas en maître, n'imprègne pas l'atmosphère, empêche l'aboiement d'un chien mystérieux, provenant d'on ne sait où et qui se manifeste de temps en temps, d'être la seule clameur des environs.

Heureusement, il ne pleut pas. Le genre de pluie qui forme parfois de larges étendues d'eau sur les trottoirs, comme de grands miroirs, où la lumière des réverbères se reflète. Cette pluie est inexistante aujourd'hui. Elle ne donne pas l'impression de ne jamais pouvoir s'arrêter. Elle n'est pas douce ni cinglante, on ne la voit pas, on ne la sent pas. Elle est tout simplement absente.

Les rues grouillent de monde, de tout âge et de tout endroit.

J'essaie, le plus possible, de me tenir loin de tous, mais pas trop, pour avoir le plaisir de les regarder évoluer, le loisir de les observer. Mais surtout, afin qu'eux me voient. Car, lorsqu'ils me croisent, je ne perçois que des gestes dédaigneux à l'égard de ma personne. Cependant, je me tiens quand même à l'écart afin de profiter du bonheur des autres, de la vie qui gît en chacun d'eux.

Je traîne ainsi de longues heures, dans des vêtements certes trop grands, mais qui me tiennent chaud. Je suis emmitouflée dans des habits à l'apparence douteuse.

Je porte un pantalon militaire, sale et troué, retenu à la taille par une corde pour qu'il ne tombe pas. Il faut dire que je ne suis pas bien grosse. Un vieux pull-over jaune aux mailles distendues descend à mi-cuisse et j'apprécie son large col roulé qui me permet parfois de me cacher. Des bottes usées et crottées aacordent à mes pas d'avancer dans mon pèlerinage sans sentir le froid geler le bout de mes pieds. Et tout ceci est enveloppé à l'intérieur d'un grand manteau, tellement grand qu'il pourrait en contenir deux ou trois comme moi. Les coutures sont un peu déchirées sous les bras et l'ourlet est largement défait. Mais ces défauts se remarquent à peine derrière l'aspect médiocre de ce pardessus. Mes longs cheveux auburn sont emmêlés et je ne porte aucun maquillage, aucun bijou, aucun artifice.

Le mois de décembre est bien avancé avec Noël qui approche à grands pas. L'ambiance dans les rues est à la fête. Des chants au goût de solstice d'hiver sont diffusés à travers des haut-parleurs accrochés par endroit à des poteaux le long des trottoirs.

Les gens se promènent, seuls, par deux, par trois, par groupe. Ils sont là pour s'imprégner de la gaieté environnante, pour déguster les marrons grillés et le vin chaud vendus au coin des rues. Je les envie et je projette devant mes yeux l'image de mon estomac que je suppose empli d'un grand vide. Mes mains, au fond de mes poches, ne rencontrent aucune pièce et encore moins de billets. Elles sont démunies de toute richesse, de tout argent. Seul un petit objet de métal froid, que je garde précieusement, s'y trouve. Une petite chose que je touche de temps en temps pour être sûre de ne pas l'avoir perdue.

Des amoureux, jeunes, vieux, ou entre deux âges, déambulent main dans la main, joue contre joue, leurs corps collés, leurs odeurs mêlées. Ils parlent, ils rient, ils s'embrassent sans aucune gêne, exposant leur bonheur d'être ensemble à la vue du monde qui les entoure. Je les suis et je hume les effluves que dégagent des passions naissantes, des amours bien installés, des affections déclinantes. Certains tournent leurs visages vers moi, grimacent légèrement, s'écartent sensiblement. Je peux lire, à travers ces infimes changements d'attitude, de la pitié, du dégoût, de l'aversion. Je continue néanmoins de les poursuivre, d'offrir ma personne à leurs regards, de m'exhiber afin de saisir leur mépris envers les pauvres âmes comme la mienne.

Après de longues minutes d'un talonnement des engouements alentour, mes pas me guident sur les marches de la cathédrale. Elle est ouverte à tous. Des gens investissent les lieux, puis ressortent après un long moment en emportant avec eux une immense sérénité.

D'autres y pénètrent, simplement pour regarder, pour offrir à leurs yeux une majestueuse architecture. Des chants religieux arrivent jusqu'à moi en me frappant de plein fouet et me communiquent le désir d'aller me recueillir. Je ne suis pas croyante, pourtant. Je veux simplement montrer à ceux qui prient en cet instant que la misère existe, que le désespoir peut être présent. Dieu n'a pas offert à tous les mêmes chances et l'égalité chez les humains n'a aucune espérance. La nef est peu éclairée, des cierges brûlent ici et là. Quelques fidèles sont assis sur un banc ou sur un autre, certains admirent le spectacle, d'autres sont à genou, les mains jointes, dans une prière adressée à Dieu, ou à dieu sait qui.

Mon esprit s'envole, mon âme part vers un rêve éveillé. En posant mon regard au fond de cette grande salle, j'aperçois le petit Jésus. C'est un gros bébé rose, bien dodu et bien joufflu, qui repose dans les bras de sa mère Marie. Il tend avidement ses lèvres vers une poitrine découverte, vers un sein laiteux. Le visage de la femme est angélique et regarde en direction du Ciel. Son sourire, adorateur, est destiné à celui qui l'a enfantée. Cette vision fait vagabonder mes folles pensées vers un songe animé. J'imagine une violente rafale s'engouffrer à l'intérieur de ce temple religieux. Les lourdes portes sont projetées avec une puissance surnaturelle, un vent puissant comme une tornade prend possession des lieux. La Sainte Vierge et son enfant tombent à terre et se transforment en une multitude de morceaux de plâtre. Un sein réussit cependant à s'échapper entièrement de cette chute brutale, un sein rose et rond, son mamelon pointé vers les cieux. Un épais nuage de poussière tournoie dans tous les sens, une bible devient folle, ses feuilles s'agitent et entament une danse endiablée avant d'être violemment projetée contre un mur de pierre. Puis tout redevient calme. Parfois, mon esprit part dans des délires qui s'effacent aussi vite qu'ils sont apparus. Je sors alors de ce lieu qui ne me ressemble pas pour retrouver l'ambiance de fête qui règne au-dehors.

Je m'engouffre ensuite dans le quartier des commerçants où les magasins foisonnent, où les restaurants pullulent, de toutes sortes, pour tous les goûts. Je me saoule avec le bruit de la foule qui marche sur les trottoirs, avec tous ces corps qui m'entourent. Je leur envoie des signaux de détresse, celle qui m'accapare, celle que je souhaite. Difficile d'appeler au secours dans tout ce brouhaha, dans le capharnaüm généré par tous ces individus. Je pourrais mêler mes larmes à ma faiblesse, pousser un dernier cri de désespoir ou disparaître, les gens ne prêtent aucune attention à toute cette douleur qui flotte dans les airs. Tout est clair comme de l'eau de roche. C'est chacun pour soi, ou pour l'autre qui nous accompagne.

Mais j'insiste. J'expose ma pauvre personne qui déambuler, j'offre le spectacle d'une femme découragée par une existence misérable.

Décidément, je ne pouvais pas choisir meilleur endroit. Je leur en mets plein la vue. Je leur montre ce qu'est la pauvreté qu'ils ne veulent surtout pas voir.

Mon esprit part de nouveau ailleurs. Je me projette dans un quartier isolé où les habitants de cette cité sans nom seraient cloîtrés chez eux, ne se parleraient pas entre eux. Les maisons grises ressembleraient à des prisons, elles suivraient une ligne bien droite bordant la rue principale. Les feuilles de lierre recouvriraient en partie les murs obscurs et les empêcheraient de respirer, de reprendre vie. Chaque fenêtre aurait ses rideaux tirés et ses barreaux scellés. Dans la soirée, les volets se fermeraient les uns après les autres, aucune maison n'échapperait à leurs claquements bruyants. C'est un endroit qui n'aurait pas été propice à montrer ce qu'est la misère.

Je reviens à l'instant présent. Les magasins exhibent leurs décorations de Noël et brillent de mille feux, chacun à sa manière, chacun désirant être le plus lumineux, le plus éblouissant, chacun voulant en mettre plein la vue. Les passants lèchent les vitrines, admirent les étalages. Les enfants ouvrent grands leurs yeux, des étincelles de bonheur et d'émerveillement pétillent dans leurs regards pleins d'innocence. Des petits cris de joie sortent des bouches en forme d'O., des exclamations s'échappent en même temps qu'une vapeur blanche venant des gorges chaudes qui rencontre l'air transit de froid. Des multitudes d'idées cadeaux sont exposées, afin de donner envie de regarder, puis pousser les gens à entrer et sortir leur porte-monnaie.

Sur la place centrale, le marché de Noël ne désemplit pas. Chaque guérite en bois, tels de petits chalets importés du Canada, est assaillie par les promeneurs et les acheteurs.

Les rabatteurs des restaurants sont de sortie. Ils ne tarissent pas de paroles gourmandes pour attirer les clients, dans le but de tenter les amateurs de bonnes chères. À l'occasion des fêtes, certains ont innové en changeant leurs menus, dans l'intention de développer les appétences. Fruits de mer, foie gras, gibiers sont à la fête.

Je m'imprègne de tout ce que je vois. Je veux que cette ostentation m'arrache les tripes. Je suis écœurée de penser que de pauvres âmes, démunies de tout, doivent supporter la vue de cet étalage d'abondance, de cette orgie de biens. Malgré l'indigence de beaucoup, nous sommes quand même dans un pays de cocagne. Je plains tous ces clochards qui n'ont pas d'autres choix que d'assister, chaque jour, et souvent pour toujours, à tout ceci.

Je rebrousse chemin, je m'éloigne de la foule, de la ville. Je frôle les murs, de plus en plus près, au fur et mesure que le bruit devient silence. Je m'enfonce dans la banlieue, dans ma banlieue. Car je suis repue du spectacle que j'ai donné, j'ai eu ma dose de désespoir. Et j'espère que beaucoup m'ont regardée. J'espère surtout que leurs yeux se sont ouverts et que leurs cœurs se sont épanchés.

Ma rue, celle où j'habite, est déserte et sereine. Je m'arrête devant le grand portail de fer blanc et j'observe les lumières qui filtrent à travers les fenêtres dont les volets ne sont pas encore fermés.

J'ouvre les grilles qui grincent à peine. Je marche dans l'allée recouverte de graviers couleur clair de lune. Je traîne ma carcasse sale et débraillée jusqu'à une porte donnant sur le garage que je déverrouille avec ma clé sortie du fond de ma seule poche non trouée. Ce petit bout de métal froid que je m'assurais, à maintes reprises, de n'avoir pas perdu.

Les deux voitures sont garées l'une près de l'autre. La Mercedes à côté du coupé sport. Les étagères sont parfaitement rangées, chaque outil est sa place, rien ne dépasse. J'ouvre un petit placard où s'entassent quelques affaires rarement utilisées, je me saisis du sac complètement dissimulé.

Je me débarrasse du manteau troué, du pull-over jaune plus vraiment très jaune, de mes bottes sans allure, du pantalon trop grand. Tout cet équipement finit dans le sac qui retrouve sa place dans le fond de ce petit placard. Je me retrouve nue, débarrassée de mon déguisement nécessaire à mon bonheur. Je prends le temps d'un brin de toilette minutieuse pour retrouver mon aspect de tous les jours, d'un coup de brosse pour démêler mes cheveux que j'attache avec recherche et élégance, d'une touche de maquillage raffiné, quelques gouttes d'un parfum chic et cher. J'enfile des bas noirs, je me drape d'une jolie robe moulante et distinguée, je me chausse d'escarpins à talons hauts. Je me pare de mes bijoux en or fin. Collier, boucles d'oreilles, bagues, sans oublier mon alliance, ma chère alliance. Je n'oublie rien.

Je monte les marches qui mènent du garage à la partie habitable de notre belle demeure. Lorsque je pénètre dans le spacieux corridor, des cris de joie accueillent mon arrivée. Ce sont mes enfants. Mes merveilleux enfants. Ma grande fille de 12 ans et mon petit garçon de 5 ans. Ils courent vers moi, les bras tendus, les yeux pétillants, le sourire aux lèvres. Ils sautent sur moi, en moi, m'étouffent de leur amour. J'adore les sentir, les toucher. Mon cœur explose d'amour, de bonheur. Je ressens tellement la bénédiction d'être mère.

« Papa ! Papa ! Maman est rentrée ! » Crient-ils en direction du salon.

Tout en s'époumonant, chacun accroché à une de mes mains, ils me tirent vers leur père afin de partager avec lui la faveur d'une famille réunie, unie.

Mon époux est confortablement installé dans un grand fauteuil près de la cheminée en train de parcourir un livre. Il lève vers moi ses yeux cerclés de fines lunettes en métal, il m'enveloppe de son regard aimant. Le même regard que je rencontre chaque jour, qu'il m'offre toujours.

Je me penche sur lui, l'embrasse tendrement. Un baiser qu'il me rend amoureusement.

« Bonjour, ma belle ! Tu vas bien ? »

« Je vais bien mon cœur ! »

Il se niche dans les courbes de mon corps, dans le creux de mon cou.

« Hummm ! Tu sens bon, chérie ! Je t'ai déjà dit que je t'aime, mon amour ? C'est bon que tu sois de retour à la maison, nous t'attendions avec impatience. Tous les trois. »

Je suis assise sur ses genoux, il me berce et je m'imprègne de son odeur, de l'odeur de mes enfants, de l'humeur de mon foyer. Nos enfants sont installés sur le tapis moelleux aux pieds du fauteuil. Je respire cette atmosphère tant aimée sentant agréablement le feu brûlant dans l'âtre, l'encens envoûtant en train de se consumer, le délicieux rôti qui cuit doucement dans le four.

Mes yeux se sont fermés, je me sens apaisée. Je savoure mon bonheur tout en pensant à mon escapade. Des échappées qui me sont nécessaires pour pouvoir apprécier et surtout évaluer la chance de posséder une vie faite d'amour et d'aisance. Des évasions clandestines vers un désespoir que je trouve malheureusement merveilleux.

15ᵉᵐᵉ TOUR D'IVOIRE

AMBIGUÏTÉ

Un nouveau jour se lève laissant un soleil neuf traverser agréablement les persiennes et venir éclairer la chambre d'une douce clarté. La pièce se trouve ainsi bariolée, habillée de rayures. Elle est vêtue d'ombres et de lumières, striée de sombre et clair. Tout s'éveille autour. Lentement. Paresseusement.

Les bruits de la rue arrivent difficilement à s'insérer à travers les joints des fenêtres, mais j'entends les oiseaux s'égosiller avec tant d'ardeur que leurs chants ne sont que cacophonie. J'aime les oiseaux et je ressens la même chose à chaque fois que je les écoute. Je suis irrésistiblement attiré vers eux, j'ai envie d'aller les câliner. Mais la fenêtre de la chambre est fermée et je la fixe avec convoitise en me demandant comment m'y prendre. Je finis par me dire que c'est peine perdue et j'abdique devant la triste réalité qui fait son chemin jusqu'à mon esprit.

Les murs de l'appartement ne sont pas très épais. J'entends les voisins s'éveiller. Je les surprends dans leurs habitudes matinales. Toujours les mêmes. Une bouilloire se met à frémir. Des toasts grillés sursautent pour échapper à la fournaise d'un grille-pain. Une chasse d'eau est tirée.

Une télévision s'allume. Un poste de radio diffuse en alternance musique et informations. Un nourrisson se met à pleurer. Des enfants jouent bruyamment, se chamaillent, crient. Je perçois seul cet éveil, car elle est encore endormie près de moi, telle la Belle au bois dormant.

J'étire mes membres langoureusement pour laisser s'évaporer l'inertie d'une nuit sereine. Je tourne légèrement la tête et mon regard se pose sur elle. Mes yeux couleur fauve profitent de son sommeil pour la survoler, la caresser. Elle n'a pas encore émergé de son endormissement de la veille et j'en profite pour me lover contre son corps encore chaud des heures nocturnes passées sous la couette. Je hume délicatement son parfum, un reste fleuri, dont elle s'est aspergée le matin précédent, mêlé à sa sueur sucrée de la nuit que j'aime tant.

Ses longs cheveux sont étalés sur l'oreiller de manière désordonnée. Je ne vois qu'eux. Des mèches se croisent, se mêlent, s'emmêlent. Je joue délicatement avec pendant qu'elle dort, tout doucement pour ne pas la déranger. Je frôle à peine sa chevelure, mais cela doit la chatouiller, car elle bouge et se retourne. Son visage est maintenant tourné vers moi et je sens son souffle glisser sur moi. Sa respiration est moins régulière, ses paupières frétillent, sa main passe rapidement sur son visage, parce que ma moustache doit la taquiner tant je suis proche. Elle ne va pas tarder à se réveiller. Je sais, grâce à la position que nous avons dans le lit, que son regard, couleur pluie d'orage, se posera en premier lieu sur moi.

Elle se réveille enfin, ouvre des yeux encore endormis, et je suis en effet le premier qu'elle voit. Avant de se lever, elle pose une main sur mon dos et me prodigue une caresse aérienne. Une caresse tellement légère que je la sens à peine. D'une main qui ne s'attarde pas, juste du bout des doigts. Je m'approche d'elle davantage, j'en profite.

Je savoure cet instant.

J'aime la douceur de sa peau, la douceur de son odeur, la douceur de ses creux et de ses bosses lorsque je m'enroule sur moi-même et me cale confortablement contre elle.

Quelques secondes s'écoulent, rapidement, mais des secondes que je vois passer.

Elle se lève en rejetant le drap qui vient me couvrir en partie. Je descends du lit à mon tour et je la devance en me dirigeant à petits pas rapides vers la cuisine où je sais qu'elle va me donner de quoi rassasier mon estomac.

Je l'attends. Elle ne vient pas. J'entends ses pas prendre une autre direction. Celle de la salle de bain.

Je n'ai pas trop la notion du temps, des heures, des jours. Mais si elle se presse ce matin, si elle file sous la douche avant même de s'asseoir à la table de la cuisine devant son café, le nez plongé dans son livre ouvert, c'est que je vais de nouveau rester seul aujourd'hui.

Je me précipite derrière elle avant qu'elle ne ferme la porte, afin d'assister au spectacle de la douche. Elle est déjà nue, le nu qu'elle a gardé pendant des heures, le nu qu'elle revêt pour la nuit. Je la regarde. Je la fixe. Cela ne la gêne pas. Elle en a l'habitude. D'ailleurs, elle remarque à peine ma présence.

Elle se glisse dans la baignoire ovale, avec la grâce qui est la sienne. Et d'une main encore un peu molle, encore ankylosée par le sommeil dont elle sort tout juste, elle ouvre le robinet dans lequel j'aperçois vaguement un reflet, mon reflet.

Je suis assis sur le rebord en faïence. C'est doux, mais c'est froid. C'est dur également. Je suis droit comme un I, la tête haute, les yeux grands ouverts. Je ne perds rien de cette attraction dont je ne me lasse pas.

Le jet d'eau puissant enveloppe toutes les parties de son corps et je reçois ma part de gouttelettes qui s'échappent. Des éclaboussures plus ou moins soutenues, parfois assez faibles, quelques fois accentuées. Je m'écarte alors légèrement. J'ai hâte que ce soit terminé pour me rendre dans la cuisine en sa compagnie, pour partager notre repas matinal.

Mais ce matin, elle ne prend pas son temps. Elle me donne mon obole préférée, elle boit un café sur le pouce avant d'aller s'habiller. Puis elle chausse ses escarpins tout en cherchant les clés de l'appartement, qu'elle trouve enfin.

Je reste silencieux pendant qu'elle s'active et je reçois de sa part un « À ce soir mon bébé ». Puis, la porte se ferme sur elle. Je ne la vois plus.

Je me promène dans toutes les pièces qu'elle a laissées ouvertes. Elle ne ferme jamais les portes. Je peux aller ainsi à ma guise dans le salon, dans la cuisine, dans la chambre, dans la salle de bain. L'espace m'appartient.

Que ce soit sur le plancher ou sur le carrelage, je ne fais pas de bruit. Je marche comme sur des coussins. Je suis léger. Je ne brise pas le silence qui règne depuis qu'elle est partie, depuis que les voisins ont également cessé leurs activités matinales.

Quelquefois, elle met la télévision et la laisse allumée. Cela anime un peu ma journée. Je ne reste pas ainsi dans une ambiance ouatée. C'est moins morose. Il m'arrive de me poster devant et de suivre du regard ce qui s'y passe. Je suis intrigué. Je suis même parfois amusé.

J'aime m'allonger sur le plancher lors de cette activité passive. Mon corps entre en contact avec le bois. C'est doux comme du velours. C'est une sensation agréable. Et le chauffage au sol permet que je n'attrape pas froid.

Je fixe l'écran, mais il reste noir. Il ne s'anime pas aujourd'hui. Il reste sans vie, sans les mouvements qui me font tourner la tête de gauche à droite, de droite à gauche, en rythme avec tout ce qui s'y passe.

Je me lasse de le regarder sans que rien arrive et je ferme les yeux. Je m'endors, détendu. Et je rêve.

Je rêve d'arbres aux branches noueuses. Des branches qui se couvrent des bourgeons apparaissant au printemps. Des branchent que j'arrive à escalader, à conquérir.

Je rêve des oiseaux aperçus de loin ce matin et que j'approche enfin. Je suis si agile, si discret, qu'ils ne me voient pas apparaître, ne me sentent pas venir, ne remarquent pas mon entrée en scène. Je suis invisible jusqu'à ce que je me présente à eux. Et je peux alors leur montrer à quel point je les aime.

Un bruit dans l'appartement du dessus me tire de ma rêverie, me réveille en sursaut. J'ouvre les yeux pour me rendre compte que mes petits compagnons ne sont que chimères.

Je marche lentement vers la cuisine, le pas légèrement leste, l'esprit encore égaré.

Je bois un peu d'eau. Elle est fraîche sur ma langue. Cela me fait du bien, me donne un peu d'énergie.

Je reste quelques instants à ne rien faire, dans mes pensées, à fixer un point invisible sur le mur couleur brique. Je me demande où je vais aller maintenant. Le choix est assez vaste, car je suis partout à l'aise. Je ne suis pas difficile, je suis facile à vivre. N'importe quel coin ou recoin me va, mais j'ai quand même mes préférences.

Je m'assois sur une des chaises qu'elle a pris soin de bien ranger avant de partir. Elles sont confortables avec leurs petits coussins moelleux. Je m'y installe confortablement avant de baisser à nouveau mes paupières et de partir vers d'autres songes.

Lorsque je ressuscite pour la énième fois de la journée, je décide de faire enfin ma toilette.

Je n'ai pas de moment précis pour me laver. Je le fais quand cela me prend, lorsque le besoin se fait ressentir. Il m'arrive même d'accomplir ce petit bien-être deux fois, trois fois, plusieurs fois, entre l'aube et l'aurore. J'ai toute la journée pour me livrer à mes ablutions.

Une fois terminé ce soin du corps, je regagne la fraîcheur de la chambre dont elle a laissé les volets fermés. Ainsi la chaleur, prodiguée pas les rayons du soleil, ne s'enracine pas ici. La fenêtre est ouverte et un léger courant d'air, juste une brise, rend la pièce propice à une agréable sieste. Un petit somme sur le douillet de la couette me tente bien. Un assoupissement qui, peut-être, va me permettre de retrouver mon rêve laissé à la dérive tout à l'heure et va m'autoriser à rejoindre mes petits amis à plumes.

Je souris intérieurement. Un sourire qui ne se voit pas, mais qui est bien là.

Je sombre de nouveau, à la recherche de cette merveilleuse utopie.

Les heures passent ainsi. Des heures faites d'endormissements et d'éveils.

Mon horloge interne se manifeste. Je sais, je sens que le moment est arrivé, que l'instant tant attendu va se matérialiser, qu'elle va se concrétiser.

Je m'étire de tout mon long, pour me dégourdir, me revigorer, et je quitte le lit qui m'a accueilli si agréablement. Je saute sur le sol avec vivacité, car je suis content de la voir, de la retrouver.

Je me dirige vers la porte d'entrée, et j'arrive à l'atteindre au moment où la clé entre dans la serrure. Puis, elle m'apparaît comme une chose fabuleuse.

Elle me regarde. Ses yeux, ses lèvres me sourient. Sa bouche s'ouvre pour murmurer à mon attention : « Salut boule de poiles ! ».

Je me frotte contre ses jambes, m'enroule, me tourne et me retourne dans tous les sens. Je veux ses caresses, je les réclame. Je miaule à ne plus pouvoir m'arrêter pour lui montrer toute mon affection.

Un monde sans espoir est irrespirable.

André Malraux

Remerciements

Merci à vous qui avez ouvert mon recueil de nouvelles TOURS D'IVOIRE, qui avez posé vos yeux sur mes mots, qui avez fait connaissance avec mon univers… en espérant de tout mon cœur que l'envie de continuer à me lire sera présente lorsque mes prochains écrits verront le jour.

Merci à Céline Poullain, écrivain également, pour son aide précieuse, sa gentillesse, qui a permis la nouvelle publication de cet ouvrage dans lequel j'y ai mis tant de moi.

Merci à mon entourage qui croit en moi, qui me soutient… Mes amies, mes amis, mon amour.

.

Gwénaëlle

Oeuvres publiées

SUR LE FIL – UNE AUTRE HISTOIRE DU VOYAGE À NANTES en collaboration avec le photographe Gildas Lescop (UnOeilAuCarré) (Novembre 2017)

SYBELLE LA LOIRE dans le recueil de nouvelles MAGIE LOIRE des Romanciers Nantais (Juin 2018)

LE FESTIN dans le recueil de nouvelles LES SECRETS DE MARDI GRAS (Janvier 2020)

MON IVRESSE dans le recueil de nouvelles ECRITS VINS DE NANTES des Romanciers Nantais (Avril 2020)

Vous pouvez me retrouver sur ma page Facebook

Gwénaëlle Fradet – Auteure

À bientôt